KB061985

보 라 색    사 과 의    마 음

# 보라색 사과의 마음

테마소설 **멜랑콜리**

최민우 조수경 임현 김남숙 남궁지혜 이현석

다산
책방

# 추천사

우울증 테마 소설이라니. 도대체 어떤 이야기가 담겨 있을
까? 이야기들은 낯설었지만, 다 읽고 나니 내가 만나온 우울증
환자들이 풀어낸 이야기들의 변주처럼 느껴졌다. 우울증의 껍
질을 하나둘 벗겨내면 언제나 죄책감이라는 감정이 숨어 있다
(「눈빛이 없어」). 흘려보내지 못 한 슬픔은 결국 단단한 칼이 되
어 자기 자신을 찌르며 몸을 통해 아우성친다(「보라색 사과의
마음」). 우연히 던져진 인생 사건을 겪고 난 뒤에, "죽고 싶다!"
던 우울증 환자가 삶에 대한 애착을 갑자기 되찾게 되는 역설
적 현상(「알폰시나와 바다」)을 나는 임상 현장에서 여러 번 보
았다. 상실의 아픔은 정신없이 슬픔에 빠져들어 충분한 시간을

보내야 비로소 사라진다(「보라색 사과의 마음」). 무엇보다 사람 때문에 다친 마음에는 우울증이 쉽게 자란다. 다정하고 싶지만 다정할 수 없는 인간성 때문에 우리는 소중한 이들을 너무 쉽게 잃어버리고 슬픔에 빠진다(「당신을 가늠하는 일」). 누군가를 미워하게 되는 건 그 사람에게 투사된 나의 그림자를 싫어하기 때문인지라, 타인을 향한 미움은 결국 내가 나를 싫어하는 데서 비롯되는 것이다(「귀」). 우울증은 이렇게 자기혐오를 먹고 자란다. 우울증을 "극복한다"라고들 하는데, 이게 과연 가능한 일인지 나는 잘 모르겠다. 우리는 그저 묵묵히 우울을 가슴속 깊이 품은 채, 아파도 아프지 않은 척하며 살아가는 것이 아닐까. 그렇게 살아내기 위해 필요한 것이 있으니, 그건 바로 이야기. 이야기로 치환되지 못한 아픔은 절망이 된다. 도저히 이해할 수 없는, 무작위로 던져진 인생일지라도 누군가가 들려준 그럴듯한 이야기로 납득할 수 있게 되면(「그다음에 잃게 되는 것」) 살아갈 힘을 되찾는다. 우리 인간은, 이야기 없이 고통스러운 현실을 뚫고 계속 존재할 수 없다. 과거가 되어가는 현재와 현재가 되어가는 미래에 대한 서사로 우울증의 무게를 견딘다. 그러하니, 이 책에 담긴 여섯 편의 이야기를 읽어낸다는 것은, 노랗고 파란 항우울제를 꿀꺽 집어 삼키는 것이나 마찬가지리라.

**김병수**

의학박사. 김병수 정신건강의학과 의원 원장. 저서로 『당신이라는 안정제』 『마흔, 마음
공부를 시작했다』 등이 있다.

추천사_김병수
5

최민우
**보라색 사과의 마음**
11

조수경
**알폰시나와 바다**
43

임현
**그다음에 잃게 되는 것**
91

김남숙
**귀**
123

남궁지혜
**당신을 가늠하는 일**
169

이현석
**눈빛이 없어**
211

발문_소유정
**터지지 않는 풍선에게**
259

# 보라색 사과의 마음

### 최민우

2012년 《자음과모음》 신인문학상에 단편소설 「반:」이 당선되어 작품 활동을 시작했다. 소설집 『머리검은토끼와 그 밖의 이야기들』과 장편소설 『점선의 영역』이 있고, 번역서로 『분더킨트』(니콜라이 그로츠니), 『뉴스의 시대』(알랭 드 보통), 『오베라는 남자』(프레드릭 배크만) 등이 있다. 제2회 EBS라디오문학상 우수상과 제3회 이해조소설문학상을 수상했다.

은영의 눈에 빛나는 것들이 보이기 시작했다. 처음은 수영장에서였다. 잠영 연습을 하려고 물속으로 들어갔는데 풀장 바닥에서 뭔가 조그만 것이 인어의 비늘처럼 빛나고 있었다. 은영은 코로 공기 방울을 흘리면서 빛이 보이는 쪽으로 갔다. 바닥에는 아무것도 없었다. 빛도 사라졌다. 아마 조명이 얼비쳤거나, 뭐라더라, 투과되고 굴절된 모양이었다.

　며칠 뒤 은영은 친구를 기다리며 카페에 앉아 있었다. 옆 테이블에서 무언가가 아릿하게 빛나며 은영의 시선을 끌었다. 창밖 하늘은 구름이 끼어 흐렸고 맞은편 자리에서는 와이셔츠 소매를 걷은 깡마른 남자가 불만스러운 표정으로 휴대폰을 노려보고 있었다. 은영은 눈을 비비고 테이블을 보았다. 목재 테이블은 물기 하나 없이 깨끗했다.

이런 일이 몇 번 더 반복되었다. 작고 동그란, 동전만 한 것이 은영의 주변에서 반딧불처럼 빛을 발하다가 사라지는 일이 잦아졌다. 그러다가 작업 중에 노트북 액정 구석에서 불량화소처럼 하얗게 빛나는 동그라미를 발견하자 진짜로 걱정이 되었다.

안과의사는 젊고 수다스러웠다. 그는 떠다니는 조그만 빛 같은 게 보인다고 해서 백내장이라 볼 수는 없다고 설명했다. 환자분이 인터넷에서 알아보시고 온 증상이 전부이니 안심하라고도 했다. 하지만 뭐가 문제인지는 집어내지 못했다.

"눈을 많이 쓰는 직업에 종사하시나요?"

"번역을 해요."

은영이 말했다.

"많이 쓰시겠네요. 최근에 심한 스트레스를 받은 적이 있나요? 두통은요?"

은영은 잠시 생각하다 둘 다 없다고 했다. 두통이 생긴 적은 없었다. 실은 그것도 인터넷에서 알아봤다. 두통과 시력 저하는 뇌종양의 전조 증상이다. 스트레스는? 3주 전 일요일에 은주의 1주기를 맞아 부모님과 추모 공원에 다녀왔다. 어머니와 아버지는 슬픔을 내색하지 않으려고 애썼다. 애쓰는 모습이 눈에 다 보였다. 은영은 애써 노력하지 않아도 덤덤할 수 있었고 내색하지 않을 수 있었다. 그렇다면 그걸 **스트레스**라고 할 수는 없지 않을까?

의사는 눈에 나타나는 증상이 반드시 눈 때문은 아닐 수도 있다고 말하면서 현재 특별한 소견은 없지만 필요하다면 인공눈물을 처방해주겠다고 했다.

"그게 무슨 말인가요?"

은영이 물었다.

"뭐가요?"

"눈에 나타나는 증상이 반드시 눈 때문은 아니라는 말이요."

"우리 몸은 복잡하게 연결되어 있으니까요. 발목이 시큰거리는 게 알고 보면 허리를 다쳐서일 수도 있습니다. 머리에 종양이 있으면 시력에 문제가 생기기도 하죠. 인터넷에서 알아보셨겠지만."

의사가 의료인 특유의 무신경한 말투로 쾌활하게 대답
했다.

은영은 약국에서 처방전을 내고 인공눈물을 받은 뒤 그
자리에서 눈에 몇 방울 떨어뜨렸다. 눈앞이 씻기듯 맑아진
듯했다. 눈을 깜박이자 점안액이 눈물처럼 흘러내렸다.

은영은 자기가 언제 마지막으로 울었는지 도무지 생각
이 나지 않았다.


동생 은주를 차로 친 남자는 반년 전 집행유예를 받았
다. 금고 6개월에 집행유예 1년. 은영의 가족이 합의를 받
아들였다면 더 가벼운 형을 선고받을 수도 있었다. 그래도
1년만 죽은 듯 살면, 아니, 살던 대로 살면 남자는 자유의
몸이 된다. 전과는 남겠지만 잘 둘러댈 수 있을 것이다. 불
행한 사고였다고. 살다 보면 겪을 수 있는 일이라고.

은영은 법정에서 남자가 최후진술을 하는 모습을 보았
다. 큰 키에 잘생긴 남자였다. 구부정하게 늘어뜨린 어깨
에서 피어오르기 시작한 불꽃 모양의 문신이 목뒤까지 번
져 있었다. 그는 이곳이 아닌 어딘가를 보듯 속기사가 앉
아 있는 쪽을 멍하니 응시하고 있다가 자리에서 일어나

선처를 호소했다. 서글서글한 얼굴을 후회와 가책으로 일
그러뜨린 채 낮고 부드러운 목소리로 사회로 복귀할 수
있도록 해준다면 일평생 참회하고 반성하는 삶을 살겠노
라고 했다.

　다른 곳에서 아무것도 모른 채 만난다면 은영도 사람들
도 모두 남자를 마음에 들어 할 것이다. 호감 가는 인상을
가진 사람이라고 생각할 것이다. 사람들은 그 남자가 이
별을 통고한 여자 친구의 턱을 주먹으로 때린 뒤 머리채
를 붙들고 이리저리 휘두르다 길바닥에 패대기친 다음 이
번에야말로 진짜로 죽여버리겠다면서 포르셰를 몰고 여자
에게 돌진한 사람이라고는 생각하지 못할 것이다. 마지막
순간 제풀에 겁을 먹어 운전대를 꺾었다고도 생각하지 못
할 것이다. 그때 골목에서 느닷없이 사람이 튀어나왔을 거
라고는 더더욱 생각하지 못할 것이다. 거기까지 알고 나면,
남자에 대한 인상은 바뀔지언정 다들 대충 납득은 할 것이
다. 불행한 사고였다고. 살다 보면 겪을 수 있는 일이라고.

　남자는 달아나지 않았다. 그날 밤 남자가 유일하게 한
올바른 행동이었다(이는 양형에 크게 참작되었다). 남자
는 차에서 내려 119에 전화를 걸었다. 구급대원들이 왔을

때 은주는 의식이 없었고, 응급실에 도착하기 전에 죽었다. 벽과 차 사이에 끼어서 내장과 뼈가 모두 망가진 상태였다. 망가졌다, 보다 더 적나라하고 정확한 표현들이 있지만 은영은 동생의 모습을 그런 말들로 기억하고 싶지는 않았다. 망가졌다, 만으로도 충분했다. 말할 수 없는 부분들은 모두 은영의 눈에 새겨졌으니까.

사고 소식을 듣고, 상황을 파악하고, 장례를 치르고, 공판에 참석하는 동안 은영은 눈물을 보이지 않았다. 정확히 말하면 그럴 수 없었다. 어머니는 무너졌고 아버지는 무력해졌다. 은영이 거의 모든 걸 다 도맡아야 했다. 아직은 울 때가 아니었다. 언젠가 때가 되면 울 수 있을 것이다. 죄를 저지른 인간이 합당한 벌을 받으면 울 수 있을 것이다.

재판이 끝난 다음에도(민사소송은 포기했다. 은영이 만난 변호사는 사실상 실익이 없다고, 소송에 들어갈 비용과 시간을 고려하면 오히려 손해라고 말했다) 은영은 울지 않았다. 가족과 친구들은 이해했다. 충격이 크면 그럴 수도 있다고. 그러다가 마치 댐이 무너지듯 슬픔이 물밀듯 밀려올 거라고. 은영도 포털사이트 커뮤니티 게시판에서 비슷한 사연을 읽은 적 있었다. 여자 친구가 사고로 죽었는데 그 뒤로 평소보다 더 즐겁게 지내고 있다며, 하나도 슬프지 않다며, 자기가 사이코패스가 아닌지 걱정된다는 글이었다. 사람들이 댓글을 달았다. 그건 슬픔에서 자신을 지키기 위한 반응이라고 했다. 은영은 자기도 그런 경우일 거라고 생각했다. 언젠가 때가 되면 울 수 있을 것이다. 언젠가 적당한 때.

안과에 다녀오고 얼마 뒤 은영의 어머니가 전화를 걸었다.

"요즘은 좀 괜찮니?"

은영은 머뭇거리다가 잘 모르겠다고 했다. 머뭇거린 건 질문의 진의가 뭔지 얼른 생각나지 않아서였고, 모르겠다고 대답한 건 입에서 괜찮아요, 라는 대답이 나올 뻔해서였다. 그러니까, 정확히 말해, **진심으로** 괜찮다고 대답할 뻔했기 때문이었다. 은영은 그 일들을 완전히 잊어버리고 있었다. 사고도, 장례식도, 재판도, 모두 신기루처럼 희뿌연 풍경으로 남아 있을 뿐이었다. 굳이 기억을 들춰내지 않는 이상 아무것도 떠오르지 않는 풍경. 고작 반년 남짓 지났을 뿐인데도 그랬고, 은영은 아무렇지도 않게 지냈다. 술집에서 친구들을 만났을 때도 잘 웃고 떠들었다. 목소리가 너무 커서 뒷자리 사람이 돌아볼 정도였다. 책상에 앉아 오래 일하려면 체력을 길러야 한다는 말을 듣고("생존 체력이라고 하잖아.") 수영 강좌에도 등록했다.

다 좋았다. 아무렇지도 않았다. 슬픔의 댐은 끝내 터지지 않았다. 그냥 물이 말라 버렸다. 애초에 그 안에 물이 고여는 있었나 싶었다.

어머니는 잠시 침묵하다가 다음 주 토요일쯤 시간 되면 집에 잠깐 들르라고, 아버지가 얼굴 한번 봤으면 한다고, 요즘 적적해하는 것 같다고 말하고는 전화를 끊었다.


몇 번 같이 작업했던 편집자에게서 밥 한번 먹자는 연락이 왔다. 둘은 합정동의 한 식당에서 만나기로 했다. 약속 장소에 나가 보니 편집자 앞에 책 한 권이 보란 듯 놓여 있었다. 프랑스에서는 제법 이름이 있는데 한국에는 생소한 작가가 쓴 철학적 에세이집으로, 내용이 무척 좋다고 했다.

"저는 불어 못 하는데요. 철학도 모르고요."

"영어예요. 작가가 직접 불어를 영어로 번역했어요."

"굉장하다."

"그래서 문장이 철학 어쩌고치고는 쉬워요."

둘은 점심을 먹으면서 근황을 주고받았다. 편집자는 다니던 회사를 나와 일인출판사를 차렸다고 털어놓았다. 이 에세이집이 새 출판사의 첫 책이었다. 그녀는 마감까지는 여유가 있고, 번역료는 은영이 평소 받던 대로 쳐줄 수 있다면서 작은 회사라는 핑계로 인건비를 깎을 생각은 없다고 강조했다. 은영은 요즘 피곤해서 그런지 가끔씩 눈앞에 반짝이는 게 보인다고 했다.

"백내장 같은 거 아니죠, 그거?"

"의사 말로는 아니라네요."

"증상이 어떤데요? 반짝이는 게 막 떠다녀요? 비문증처럼?"

"아뇨, 그렇지는 않고……"

저 아저씨한테도 보이긴 해요. 은영은 말을 삼켰다. 대각선 방향에 혼자 앉아 점심을 먹고 있는 남자의 이마에 하얗고 반짝이는 빛이 어른거렸다. 남자는 뚱뚱했고 턱수염을 길렀으며, 불만스러운 표정을 띠고 앉아 포크로 파스타를 감는 중이었다.

"해줄 수 있겠어요? 일 많은 거 아는데 습자지처럼 얄팍한 인연 믿고 억지로 떠넘기는 것 같아 미안하네요."

"아니에요. 저도 믿을 만한 사람과 하면 좋죠."

편집자가 은영에게 책을 건넸다.

"좋은 책이에요. 예전 직장에서 검토를 했는데 팔리지 않을 것 같다면서 안 하기로 했었거든. 그때 기회 닿으면 꼭 만들어봐야겠다고 결심했던 책이에요. 은영 씨랑 시작하면 영광이죠. 승낙하면 계약서 작성해서 등기로 보낼게요. 일단 읽어보고 의견 줘요."

은영도 편집자도 이 대화가 어느 정도 의례적이라는 걸 알았다. 일을 골라 받을 수 있는 번역가가 그리 많을 리 없다. 만나기로 한 시점에서 이미 승낙을 한 것이고, 받은 시점에서 계약서에 도장을 찍은 것이나 다름없다. 무엇보다 은영은 바쁘지 않았다. 사고 소식을 듣고, 상황을 파악하고, 장례를 치르고, 공판에 참석하는 동안 이미 계약했던 일까지 죄다 취소해야 했으니까.

은영은 지하철을 타고 돌아가면서 책을 살펴보았다. 뒤표지에서 은영과 비슷한 나이로 짐작되는 금발 고수머리 여자가 엷은 미소를 띤 채 카메라를 바라보고 있었다. 이름은 이소벨이었고, 대학에서 철학을 전공한 뒤 학계를 떠나 자유로운 글쓰기를 시작했다는 간략한 약력이 나와 있었다.

며칠 뒤 계약서가 도착했다. 은영은 바로 작업에 들어갔다. 소설이라면 처음부터 끝까지 통독을 하고 나서 일을 시작하겠지만 에세이는 굳이 그럴 필요가 없어 보였다.

서문에는 자기 책을 직접 영어로 옮긴 이유가 나와 있었다. 한 언어를 다른 언어로 번역할 때는 중요한 걸 잃게 마련이므로 그 잃어버림을 가능한 한 최소화하고자 직접 번역을 시도했다는 것이었다. 그러나 번역 과정에서 종종 이것이 자기 글이 아니라는 느낌을 받았고, 결국은 새로 쓰는 기분으로 작업을 마쳤다면서 '결과적으로 두 번에 걸쳐 쓴' 이 책을 즐겁게 읽어주길 바란다고 했다.

은영은 눈두덩을 손바닥으로 문질렀다. 빛이 점점 더 자주 보였다. 어느 날 아침 화장실에서 양치질을 하고 있는데 거울에 비친 눈동자에 새하얀 구멍이 뚫렸다. 은영은 하마터면 컵을 떨어뜨릴 뻔했다.

편집자의 말은 역시 반만 믿어야 한다. 내용 자체가 어렵다고는 할 수 없었지만 문장은 번역하기 까다로운 편이었다. 간결했지만 품위가 있었고, 영어로 번역을 했음에도 가끔씩 프랑스어 특유의 묘한 비약과 여운이 남아 있는 문장이었다. 에세이들은 길지 않았는데, 널리 알려진 윤리적, 철학적 소재들에 문학적 필치를 가미하여 저자 자신의 경험, 서양고전, 동시대의 사회경제적 사건이나 인터넷 밈과 연결하고 있었다. 이를테면 트롤리 문제 같은 것. 이쪽 철로에는 한 명이, 저쪽 철로에는 다섯 명이 묶여 있다. 당신이라면 트롤리를 어느 쪽으로 움직이도록 선로를 변경하겠는가? 이소벨은 이 문제에는 자유주의자들이 파놓은 함정이 있다면서, 우리가 정말로 신경을 써야 하는 것은 트롤리를 모는 운전자라고 했다. 트롤리가 어느 선로로 가든 그걸 멈출 권한이 있는 유일한 사람은 운전자뿐이니까. 우리는 쉽게 눈에 띄는 개인에게만 책임을 묻고 윤리를 따질 뿐, 그 뒤에서 실제로 무언가를 조작하는 위치에 있는 존재에 대해서는 무지하다.

은영은 몇 번째 공판이었던가, 하여간 어느 오후의 법정에 앉아 있던 날을 기억했다. 그날 법정은 조용했다. TV나 영화에서처럼 울부짖는 죄인, 냉정한 판사, 열변을 토하는 검사와 변호사는 없었다. 다들 덤덤한 표정으로 차근차근 절차를 밟아가면서 남자의 죄를 양복 치수 맞추듯 꼼꼼히

젤 따름이었다. 트롤리 운전자들처럼. 물론 은영은 그게 당연하다는 건 알았다. 법정에서 소란을 피울 수는 없다. 모두가 소란을 피운다면 법은 제대로 집행되지 않을 것이다. 하지만 아무도 소란을 피우지 않자, 법은 동생을 살해한 자에게 관대한 쪽으로 선로를 변경했다.

만약 그녀가 증언을 했다면 방향이 바뀌었을까?

재판이 시작될 무렵 은영에게 모르는 번호로 전화가 왔다. 전화 속 여자는 자기가 **그 사람**의 여자 친구라고 했다. 둘은 카페에서 만났다. 여자는 작고 예뻤다. 나이는 스물다섯, 은주보다 두 살 어렸고, 카드회사에 다녔다. 그녀는 은주가 자기를 구하려 했던 것 같다고, 아니요, 그랬을 거예요, 분명해요, 라고 말했다. 골목에서 자기를 보고는 서둘러 달려오는 걸 본 것 같다고, 아니요, 그랬던 게 분명해요, 라고 말했다. 경찰에서 조사를 받을 때는 기억에 확신이 없어 그렇게 말을 못 했다고 했다. 그러니까 만약 은주가 그녀를 돕지 않았다면, 아니면 최소한 서두르지만 않았어도 은주는 차에 치이지 않았을지 모른다. 망가지지 않았을지 모른다. 은영은 자기 앞에서 눈물을 떨구고 있는 여자를 복잡한 심정으로 바라보다가 법정에서 그 사실을 증언해줄 수 있는지 물었다. 그녀는 하겠다고 했다. 그게 자기가 붙들고 있는 유일한 동아줄인 양 절절한 눈빛으로 하겠다고 했다.

다음 날 그녀가 메시지를 보냈다. 급하게 해외 출장을 갈 일이 생겼는데, 언제 돌아올지는 모르겠다는 것이었다. 그 뒤로 그녀는 은영의 전화를 받지도, 메시지를 확인하지도 않았다. 은영은 여자가 죄책감을 덜고 싶어서, 오로지 그 때문에 자기를 만났다는 사실을 깨달았다.

은영은 부모에게 이 일에 대해 말하지 않았다. 그것이 당신들을 힘들게 할지, 더 힘들게 할지 알 수 없어서였다. 무엇보다, 이야기를 한다 한들 달라질 게 없었다. 언젠가 적당한 때가 되면 말할 수 있을지 모른다. 언젠가 적당한 때.

한동안 은영은 그날 도대체 은주가 **그런 곳**에서 뭘 하고 있었던 건지 곰곰이 생각하곤 했다. 그 전에 무엇을 했는지는 알았다. 친구들과 세미나를 마치고 간단히 뒤풀이를 했다. 뒤풀이를 마치고는 뿔뿔이 헤어졌다. 집으로 가는 버스를 타려면 은주가 굳이 그 골목을 지나갈 이유는 없었다. 그 길로 가면 정류장까지 더 돌아서 가야 했다. 그 골목을 지나가지만 않았다면 아무 일도 일어나지 않았을 것이다. 적어도 은주에게는 그랬을 것이다. 누군가가 어느 날 갑자기 사라지고 나면 그 사람이 남기고 간 모든 것은 수수께끼가 된다. 그가 살아 있을 적에는 지극히 당연했던 것들, 무척이나 자연스러워 보였던 것들 전부가 해명을 기다리는 수수께끼로 변한다. 남은 사람들은 그것을 해결할 수 없다는 걸 알면서도 언제까지고 그 수수께끼를 곱씹는다. 수수께끼 그 자체로 남아 있는 게 의미가 되어버린 존재에 대해 생각한다. 어떤 단서도 남아 있지 않은 고대의 문자를 해석하면서 문자의 의미를 궁리하는 대신 그것이 새겨진 비석을 쓰다듬기만 하는 사람처럼.

은영은 번역을 계속했다. 이제 이소벨은 감각에 대해 이야기하고 있었다. 그녀는 어린 시절부터 늘 사과를 보라색으로 보아온 사람을 상상해보자고 했다('사실 그건 나일 수도 있다. 누가 알겠나?'). 잘 익은 사과는 보라색, 덜 익은 사과는 회색. 그 사람은 그 사실을 무척 늦게 깨달을 것이다. 어쩌면 영원히 모를지도 모른다. 왜냐하면 누군가 그 사람에게 사과가 무슨 색이냐고 물으면 빨간색 아니면 녹색이라고 대답해왔으니까. 사과는 빨간색과 녹색이라고 배워왔으니까. 다시 말해 그 사람에게는 보라가 빨강이었고 회색이 초록이었으니까. 하지만 아무도 그 사실을 몰랐다. 누구도 그 사람이 무엇을 느끼고 있는지 알 수 없기 때문이다.

또 다른 예를 들면, 좀비가 있겠다. 누군가 실은 좀비인데 사람처럼 그럴듯하게 행동한다면, 우리는 그가 사람인지 좀비인지 알 수 없다. 또한 우리는 박쥐도 될 수 없다. 따라서 우리는 박쥐의 경험을 상상할 수 없다. 박쥐가 가질 만한 느낌을 아무리 상상해본들 우리와 박쥐는 완전히 다른 존재이기 때문이다. 우리는 자기 자신이라는 집에 연금된 죄수인데, 이 집에는 창이 없다. 나는 당신이 무엇을 느끼는지, 당신은 내가 무엇을 느끼는지 모른다. 오로지 언어라는 가느다란 실을 통해서만 우리는 연결되어 있는데, 언어란 근본적으로 불완전하다. 그러니 묻겠다. 당신에게 세상은 어떻게 보이는가? 당신은 어떻게 우울한가? 어떻게 즐거운가? 어떻게 슬픈가? 혹은 어떻게 슬프지 않은가? 당신이 감각하는 슬픔이란 무엇인가? 그것은 혹시 나의 기쁨과 같은가? 아니면 나의 평정과 같은가? 우리는 어떻게 해야 자아라는 껍질을 부딪치는 것 이상으로 서로와 만날 수 있나?

사람처럼 그럴듯하게 행동하는 좀비. 은영의 연인이 이 표현을 들었다면 그가 뭔가를 깨달을 때 하던 버릇대로 무릎을 쳤을 것이다. 헤어지기 전까지 둘은 2년 반을 사귀었다. 은영은 둘의 사이가 한 쌍의 톱니바퀴 같다고 생각하곤 했다. 언제나 함께 움직이고, 서로가 서로에게 맞물려 있는 관계. 만약 헤어지지 않고 계속 같이 지냈다면 결혼을 했을까? 그건 모르겠다. 사고와 장례식과 재판이 이어지는 동안 그는 은영에게 최선을 다했다. 본인도 알았고 은영도 알았다.

그는 은영에게 질려서 떠났다. 질렸다, 는 그의 입에서 나온 표현이었다. 끝없이 이어지는 은영의 자기 비하와 자격지심을 더는 참을 수가 없다고 했다. 은영도 자기가 무슨 짓을 하고 있는지 알았다. 알면서도 멈출 수 없었다. 손거스러미를 끝없이 뜯어대는 사람처럼 멈출 수가 없었다. 조그만 실수에도, 하찮은 언쟁에도 자기는 살 가치가 없다는 말을 되풀이했다. 연인이 은영을 위로하면 위로받아야 하는 자신이 보잘것없는 존재로 느껴진다고, 힘을 내라고 격려하면 내가 더 이상 어떻게 더 힘을 내느냐고, 화를 내면 역시 나는 이것밖에 안 되는 사람이라고 했다.

그러나 눈물을 흘린 적은 없었다. 한 번도. 첫 공판을 참관하고 돌아오던 길에, 은영은 공중화장실에 들어가 거울을 보며 자기 뺨을 세게 때렸다. 그래봤자 눈물샘이 완강하게 버티리라는 건 알았다. 하지만 다른 무언가라도 짜내고 싶었다. 거울 저편에서 입을 다물고 있는 저 얼굴 뒤 어딘가에 분명 뭔가 있기는 했는데 그것은 꼼짝도 하지 않았다. 그렇다면 분노 같은 거라도. 원통함 같은 거라도. 하다못해 아프다는 신음이라도 나오길 바랐다.

아무 일도 벌어지지 않았다.

은영의 아버지는 집에 혼자 있었다. 어머니는 고등학교 동창 모임이 있다고 아침 일찍 나갔다. 부녀는 집 앞 중식당에서 점심을 먹었다. 은영의 아버지는 재판이 끝나고 나서 사업체 지분을 동업자에게 모두 넘겼다. 은영에게 툭하면 하던 잔소리, 그만큼 공부를 했으면 아침에 출근하고 저녁에 퇴근하는 직업을 가져야 한다는 잔소리와 언제 결혼할 거냐는 잔소리도 그만뒀다. 은영은 장례식에서 남자가 그 정도로 서럽게 우는 모습은 처음 보았다. 몇 개월 만에 아버지는 바람 빠진 풍선처럼 쪼그라들었다. 진부한 표현이라는 건 알았지만 그보다 더 정확한 말을 찾을 수 없었다.

"상담을 받고 있다."

후식이 나왔을 때 은영의 아버지가 말했다.

"상담이요?"

"병원에서. 일주일에 한 번. 엄마도 같이 오면 좋다고 하는데 그쪽은 아직 마음의 준비가 안 됐다고 해서."

"네."

"약도 처방받고 있다. 밤에 잠이 잘 오게 해준대서."

은영은 고개를 끄덕였다. 잘된 일이었다. 그 나이대 사람들이 정신과에 대해 가지고 있는 막연하지만 완고한 불신을 감안한다면 은영의 아버지는 무척 큰 결심을 한 것이었다. 다행이어야 마땅한 일이었고, 실제로도 은영은 그렇게 생각했다. 그렇지만 은영은 마음속 어딘가에서 칼로 슬쩍 베인 듯 희미한 배신감을 느꼈다. 마치 아버지가 자기만 놓아두고 먼저 앞서서 걸어가고 있기라도 한 양.

물론 은영은 상담 따위 받을 생각은 조금도 없었다. 괜찮으니까. 언제나 괜찮았으니까.

"너한테는 고맙고 미안하다."

은영의 아버지가 말했다.

"넌 자기 일 하나는 늘 똑 부러지게 잘했지. 은주한테도 든든한 언니였고. 은주는 어릴 때부터 마음이 많이 약했으니까. 이번…… 에도 네가 없었으면 어떻게 됐을지 모르겠다. 우리만으로는 끝까지 못 갔을 거다. 네가 끝까지 반대하지 않았다면 합의를 받아들였을지도 몰라."

"당연한 일인데요."

"그냥 그 얘기를 하고 싶었다. 의사 말이 가족들에게 하고 싶은 말은 편하게 하는 게 좋다고 그래서. 말하고 나니 좋다. 네 얼굴 보는 것도 좋고."

은영의 아버지가 미소를 지었다. 억지로 짓는 서투른 미소였지만 그래도 미소였다. 삶을 어떻게든 움직여보겠다는 미소. 은영은 문득 자기가 아버지보다 나이를 더 먹은 것 같았다.

"드세요, 후식. 나가서 커피 마실까요?"

은영이 말했다.


"무슨 일이에요? 설마 벌써 번역 작업이 끝?"

편집자가 전화를 받으며 말했다.

"저자 이메일 주소를 알고 싶어서요. 물어볼 게 있어서."

은영은 그렇게 말하며 벽에서 희붐하게 빛나는 동그란 빛을 바라보았다. 이제 빛들은 사방에서 깜박거렸다. 눈을 깜박여도 그뿐, 눈앞의 빛이 사라지면 다른 자리에 또 다른 빛 덩어리가 나타났다. 길에서도, 마트에서도, 카페에서도, 서점에서도, 은영이 움직이는 곳마다 곳곳에 하얀 구멍이 뚫려 있는 듯했다. 혹은 세상이라는 엷은 껍질에 누가 구멍을 내면서 그 안에 있던 빛이 그 구멍을 통해 새어 나오는 듯했다. 그렇게 보자면 세상의 내면에는 공허한 빛 말고는 없는 셈이다.

상황이 이쯤 되자 은영도 지금 자신에게 벌어지는 이 현상이 시력 문제가 아니라는 것 정도는 알 수 있었다. 하지만 그렇다면 무슨 문제란 말인가? 아직까지는 일상생활에 큰 지장은 없었다. 아직까지는. 하지만 앞으로 어떻게 될지는 모를 일이었다. 빛이 안개처럼 주변 모두를 덮어버려서 한 발짝도 떼지 못하게 되면 어째야 하는 걸까?

"물어볼 거요?"

"애매한 부분들이 있어서요. 인용이나 표현 같은 게."

"정리해줘요. 그럼 내가 물어볼게."

"제가 직접 묻는 게 나을 것 같은데요."

"그래도 되는지 에이전시에 확인부터 해볼게요. 질문 같은 거 싫어하는 저자도 있으니까."

다음 날 오전에 편집자가 문자로 이소벨의 이메일 주소를 보냈다. '언제든 질문 환영이래요.'

은영은 메일 창을 열어 미리 준비해둔 질문을 작성하기 시작했다. 뜻이 분명치 않은 몇몇 구절의 의미와 에세이에서 인용하고 있는 사건('당신이 언급하고 있는 사건에서 정확히 뭘 절단했다는 건지 잘 모르겠습니다. 기사를 검색해도 안 나오네요.')이나 인용하는 작품의 출처 등. 그런 다음 잠시 키보드에 손을 얹은 채 가만히 있다가 계속 글을 썼다. 번역자이기 전에 독자로서 당신의 글에 큰 감동을 받고 있다. 더 정확히 말하면, 당신의 글이 자꾸 내가 지난 일 년간 겪은 일을 떠올리게 한다. 그러면서 은영은 은주의 일에 대해 썼다. 그 일 이후 자신이 무엇을 느꼈고, 어떤 생각을 했는지를. 여전히 눈물은 흘리지 않는다는 사실을. 은영은 최근에 작고 동그란 빛이 곳곳에서 보이는데 도무지 원인을 찾을 수가 없다는 말도 쓸까 하다가 저자가 자기 책의 번역자를 미친 사람이라고 생각하면 곤란할 것이라는 데 생각이 미쳤다. 은영은 당신의 책을 최선을 다해 번역할 것이며, 앞으로의 작업에 행운이 있기를 바란다는 인사말로 메일을 마무리한 뒤 전송 버튼을 클릭했다.

이소벨에게서 답장이 온 건 그로부터 3주 뒤였다.

메일은 두 통이었다. 하나는 '번역자에게'라는 제목으로, 은영이 질문했던 사항들에 대한 답변이 적혀 있었다 ('프랑스에서는 꽤 떠들썩했던 사건이었답니다. 분재용 가위로 남편의 성기를 절단하는 건 흔한 듯하면서도 흔한 일이 아니죠. 제 친구는 그게 무척 일본적인 행위라고 하더군요. 혹시 「감각의 제국」이라는 영화를 보셨나요?').

다른 메일에는 '은영에게'라는 제목이 붙어 있었다.

'당신의 편지를 잘 읽었습니다'로 시작하는 메일에서, 이소벨은 동생을 잃은 상심이 얼마나 클지 모르겠다며 위로의 말을 건넸다. 같은 경우는 아니지만 제게도 소중한 사람을 잃은 경험이 있습니다. 그 상실감은 이루 말할 수가 없었지요. 저는 침식을 잊고 슬픔에 빠져들었습니다. 마치 슬픔이라는 쇠사슬에 묶인 광인처럼 몸부림을 쳤지요. 오랜 시간이 지나 이제 와서 생각해보면, 제가 그렇게 정신없이 슬픔에 빠져들 수 있었던 충분한 시간이 있었던 것이 결국 어느 정도는 행운으로 작용했던 듯합니다. 저는 슬픔 속에 제 상실을 흘려보낼 수 있었지요. 흘려보내지 못한 슬픔은 결국 단단한 칼이 되어, 혹은 갑옷이 되어 저를 계속해서 찔렀거나 저를 세상으로부터 차단시켰을 것입니다. 당신의 경험과 현재의 처지를 함부로 재단할 수 없기 때문에 말하기 조심스럽지만, 저는 당신에게도 그럴 시간이 필요했던 것은 아닌지, 지금이라도 필요한 건 아닌지 하는 생각이 듭니다. 제 책을 번역하는 것보다 그 일이 우선일 수도 있겠지요. 하지만 저는 당신이 제 책을 계속 번역해주었으면 합니다. 자신의 글에 공명하는 번역자를 만난다는 건 저자 입장에서 대단한 행운이지요.

물론 인간은 서로를 완전히 이해할 수 없습니다. 저는 오래전 그 사실을 깨달았습니다. 하지만 설사 우리가 끝내 서로를 온전히 이해할 수 없다고 하더라도, 이 세상을 살아가는 우리는, 아무리 희미할지언정 어떤 식으로든 연결되어 있습니다. 마치 종이컵과 실로 만든 장난감 전화로 속삭이는 어린아이들처럼. 당신의 번역을 기다리고 있겠습니다. 한국어 공부를 해둬야겠군요. 이소벨.


　골목에 가보기로 한 건 충동적인 결정이었다. 은영은 한 번도 사건 현장을 찾지 않았다. CCTV 녹화 화면을 통해서 사건이 벌어지던 순간을 수없이 보았지만(차에 받혀 무력하게 뒤로 물러서던 은주, 무릎을 꿇은 채 머리를 부여잡고 있던 여자, 볼링핀처럼 무너지는 쓰레기봉투들) 그 장소에 직접 가본 적은 없었다.

　골목은 화면을 보면서 짐작했던 것보다 좁았다. 은주가 바닥에 쓰러진 여자를 보고 걸음을 서둘렀다면 가로등과 전봇대와 재활용 쓰레기통을 지나가야 했을 것이다. 은영은 골목 끝에 서서 반대편 끝을 바라보았다. 여자의 말에 따르면 은주는 무릎을 꿇고 있는 여자를 목격하고, 그래서 서둘러 골목에서 뛰쳐나왔다.

　하지만 막상 현장에 와보니 CCTV에서 여자가 무릎을 꿇고 있던 곳은 골목에서 제대로 보이지 않았다. 은영은 골목을 천천히 지나가면서 다시 한번 확인했다. 대부분의 지점에서 여자가 넘어져 있던 장소는 잘 보이지 않았다. 여자를 제대로 보려면 골목의 거의 끝에 서 있어야 했다.

어쩌면.

은영은 그곳에 서서 생각했다. 어쩌면 은주는 여기 숨어서 그 모습을 모두 보고 있었던 건 아닐까. 남자가 여자를 때리고, 머리채를 붙잡아 휘두르고, 바닥에 내동댕이치는 광경을 보고 있던 건 아닐까. 어찌해야 할 바를 몰라서, 현장을 그대로 떠나고 싶은 마음과 무언가 해야 한다는 마음 사이에서 갈등하고 있었던 건 아닐까. 어쩌면 경찰에 전화를 걸어 신고를 하려고 했던 건 아닐까. 신고를 할 경우 자기에게 미칠 불이익에 망설이고 있었던 건 아닐까. 그러다가 남자가 포르셰에 올라타서 시동을 걸고, 차를 후진하고, 엔진 소리가 사나워지고, 차가 여자를 향해 달려들자 저도 모르게 여자를 구하려고 했던 건 아닐까. 혹은 차를 막으려고 했던 건 아닐까.

*은주는 어릴 때부터 마음이 많이 약했지.*

하지만 그렇다면, 애초에 은주는 왜 이 골목을 지나갔던 걸까. 무엇을 보았던 걸까. 무슨 소리를 들었던 걸까.

무엇을 느꼈던 걸까.

찬바람이 불었다. 은영은 골목을 빠져나와 큰길로 나섰다. 하늘은 구름이 끼어 흐렸다. 빛은 은영의 주변에서 이리저리 반짝였다. 무엇 하나 개운하게 해결되지 않았고, 은영은 자신이 언제까지나 이러한 상태에서 벗어날 수 없으리라는 걸 알았다.

다시 바람이 불었다. 은영의 눈에 먼지가 들어갔다. 은영은 눈을 비볐다. 한참을 비비고 나서 눈을 다시 떴을 때, 눈앞의 수많은 빛들이 일제히 움직이기 시작했다. 빛들이 바람을 따라 움직이면서 하늘하늘 퍼져갔다. 은영은 곧 그게 빛이 아니라 눈송이라는 사실을 깨달았다. 빛과 눈송이가 한데 뒤섞여 어두운 하늘에서 내려오고 있었다. 어느 것이 빛이고, 어느 것이 눈송이인지, 눈물이 고여 있는 은영의 눈에는 분간이 잘 가지 않았다.

## 작가 노트



처음에 붙인 제목은 '감각질'이었다. 소설 속 감각에 대한 논의는 이 감각질에 대한 설명을 참고했다. 물론 감각과 마음은 엄연히 다르고, 은영과 이소벨도 그 점을 알고 있을 것이다. 다만 작가를 배려해서 입을 다물어주고 있는 것이 아닐까 싶다.

소설이 우울함 자체에 대해 말하기란 쉽지 않다고 생각한다. 그건 새가 공기에 대해, 물고기가 바다에 대해 쓰기 어려운 것과 마찬가지다. 수영장 바닥에 비늘 같은 것이 반짝이고 있는 장면은 전에 다른 작업을 하던 중 메모해뒀던 이미지다. 그때는 진짜 비늘이었다. 이야기를 어떻게 시작할지 궁리하던 중이 메모가 눈에 띄었고, 그다음은 늘 하던 대로 흘러갔다.

흔히 말하듯 우리는 고독을 바라지 외로움을 원하지는 않는다. 하지만 많은 사람들이 연결되어 있을수록 외로워하고, 혼자 있으면 두려움에 빠져든다. 그렇다면 중요한 건 연결의 형식보다는 연결되어 있다는 감각 내지는 기분인지도 모르겠다. 어떤 사람들은 생방송으로 진행되는 텔레비전이나 라디오를 밤새 켜놓는다. 그들은 그렇게 세계와 연결되어 있다고 느낀다. 화면과 스피커 저편에서는 이 세상이 어떻게든 돌아가는 중이고, 나는 어쨌든 혼자가 아니다. 그때 우리는 고독하지도, 그렇다고 외롭지도 않다. 그냥 앉아 있을 뿐이다.

# 알폰시나와 바다

## 조수경

2013년 서울신문 신춘문예에 단편소설 「젤리피시」가 당선되어 작품 활동을 시작했다. 소설집 『모두가 부서진』, 장편소설 『아침을 볼 때마다 당신을 떠올릴 거야』가 있다. 2019년 소나기마을문학상 황순원신진상을 수상했다.

질문 하나 할까.

하늘에서 떨어지는 것은?


넌 아마 이런 것들을 떠올리겠지.

빗방울.

꽃잎.

낙엽.

눈송이.


질문에 대한 답은 잠시 미뤄두고 먼저 너에게 들려주고

싶은 얘기가 있어.

지난봄, 나는 포르투갈을 여행했어.

해가 바뀌면 제일 먼저 떠올리는 생각 중 하나가 이번엔 어디에 갈까, 하는 거야. 사실 꽤 많은 날들을 이런 생각으로 버티지. 우울감이 발바닥부터 축축하게 적시며 올라오거나 삶의 의미와 의지를 바싹 말려버리는 무기력한 기운이 심장을 파고들기 시작하면 손보던 원고를 한쪽으로 밀어두고 책상 한가운데로 지구본을 끌어오는 거야. 여행은 삶에서 내가 가장 좋아하는 것들 중 하나니까. 가장 좋아하는 것들로도 무용한 그런 날도 있지만, 그래도 일단 둥글고 단단한 세계를 빙글빙글 돌리면서 내가 가보지 않은 곳부터 훑어보는 거지.

자본주의가 깊숙이 스며들기 전에 쿠바에 다녀와야 하는데. 쿠바에 간 김에 남미도 돌고 오면 얼마나 좋아. 그러려면 최소 한 달의 시간이 필요하니까 아쉽지만 다음으로. 사자와 바오바브나무가 있는 아프리카도 길게 휴가낼 수 있을 때 가야겠지. 여자 혼자 여행하기엔 위험할 수도 있고.

다시 지구본을 빙글빙글 돌리다가,

차를 렌트해서 남프랑스를 여행할까. 아니면, 크로아티아? 나폴리에서 이틀쯤 머물고 시칠리아로 내려갔다가 내친 김에 몰타까지 가는 건? 론다와 말라가를 거쳐 모로코로 넘어가?

늘 그렇듯 생각의 끝은 유럽이었고 그중에서도 지중해 부근이었어. 물론 나는 뉴욕을 여행할 때 그리니치빌리지를 좋아했고 언젠가 샌프란시스코에도 한 번쯤 가보고 싶고, 앙코르와트의 마법에 걸린 것만 같은 나무들을 좋아했으니 열대우림의 아름다운 섬들도 경험해보고 싶고, 추운건 싫지만 오로라 때문에 북유럽이나 캐나다에 한 번쯤 갈 것도 같고, 귀여운 코알라와 쿼카를 보러 호주에도 가기는 하겠지만 이런 건 '꼭'이라는 단어까지 사용할 정도는 아니고. 뭐랄까, 나는 지중해에 가보기도 전에 늘 그쪽을 그리워했는데, 가보니 그쪽 음식이 체질에 잘 맞고, 무엇보다 그쪽에만 가면 신기하게도 불면증이 싹 사라지고, 마음이 좋으면서도 조금은 슬픈 것이 아마도 난 전생에 그쪽 사람이었나 보다 싶었지. 심장의 반쪽은 항상 거기에 머무는 기분이랄까. 그래서 결국엔 다시 지중해 부근을 골똘히 들여다보곤 했는데, 이번엔 스페인 옆에 붙어 있는 포르투갈이 눈에 들어온 거야. 최근 TV에서 방송된 「비긴 어게인 2」 때문은 확실히 아니었고. 나는 보사노바를 좋아하니까 프랑스어와 스페인어의 중간쯤 될 듯한 동글동글한 포르투갈어가 사랑스럽다고 생각하기는 하지만, 내가 좋아하는 작곡가 호드리구 레아우의 나라이기도 하지만, 언젠가 애런제도 절벽에서 대서양을 바라보면서(지중해와는 달리) 저 바다는 너무 차가울 것 같아, 라는 생각과 함께 어쩐지 '죽음'과 잘 어울린다는 서늘함을 느꼈기 때문에 대서양과 맞닿은 포르투갈 역시 축축하고 추운 이미지였어. 그래서 매번 다음으로 미루게 되던 곳 중 하나였는데 이번에는 그래, 한번 가보자 싶었지.

뚜렷한 이유 없이 그저 마음이 콕 찍은 포르투갈에 가기 위해 5월 17일 금요일 아침 에어프랑스에 올랐어. 나는 여행에 특화된 인간이라 할 수 있는데, 일단 음식을 가리지 않고(쌀밥과 김치가 없어도 아무 문제 없고), 세상 어디에 갖다 놔도 동네처럼 어슬렁어슬렁 잘 돌아다니고(길은 어차피 한국에서도 잘 잃어버리니까), 외로움을 타지 않는 편이고, 짐 싸기의 달인이고, 허리가 튼튼해 12시간의 비행에도 이코노미석에 얌전히 앉아 영화를 보고 기내식을 먹고 와인을 마시고, 무엇보다 시차에 잘 적응하기 때문인데 그 비결은 이런 거야. 아침 9시에 비행기에 타서 현지 시간으로 오후 2시경 파리에 도착하면 우리나라와 유럽의 시차 같은 건 계산에 넣지 않고 그냥 17일 오전 9시에 출발해서 17일 오후 2시에 도착한 거라고 생각해버리는 거지. 이 방법이 내겐 제법 효과적이라 활기차게 샤를드골공항을 누비며 오후 4시 10분에 출발하는 리스본행 비행기를 기다리는 거야.

이쯤 되면 여행의 설렘으로 잔뜩 들뜬 것 같지만, 한편으로는 영영 한국에 돌아갈 수 없을지도 모른다는 막연한 불안감도 느껴. 알잖아. 그런 건 커졌다 작아졌다 할 뿐 늘 그림자처럼 딱 붙어 있다는 걸. 우울과 불안은 같은 상자에 들어 있는 모양이 다른 초콜릿 같은 거라는 걸. 나는 오래전에 유서를 써두었고 해마다 그것을 업데이트하는데, 주로 멀리 여행을 떠나기 전에 내용을 수정하곤 해. 부고를 전할 사람들 목록에서 누군가의 이름을 지우거나 혹은 새로 적어 넣거나 A출판사에 아직 소설을 넘기지 못했으니 계약금을 돌려줘야 한다, 같은 내용들. 매년 유서를 쓰는 행위는 은근히 옷깃을 붙잡고 따라오는 불안감을 누르기 위한 일종의 의식 같은 건지도 모르지. 살고 죽는 건 내 마음대로 되지 않을지 몰라도 내가 죽은 뒤의 일들이 내 방식대로 처리될 거라는 생각을 하면 조금은 안심이 되기도 하고. 여행을 마치고 돌아와 책상에 올려놓은 유서를 집어 들 때의 기분이란. 그것이 다른 사람의 손이 아닌 '내 손'에 들려 있다는 사실을 손끝으로 선명하게 감각하면서 운명처럼 삶에 단단히 발을 붙이는 거야.

샤를드골공항을 떠나 리스본으로 날아가는 길에 구름 사이로 드러난 돌산을 보며 얀 마텔의 『포르투갈의 높은 산』을 떠올렸고, 구름밭이 이어지는 곳에서는 영영 떠나간 사람들을 생각했고, 그러다 어느 순간 4월 25일 다리가 보여서 아, 다 왔구나, 하고 알 수 있었어. 비행기는 육지를 벗어나 대서양 위를 날다 반원을 그리며 다시 육지로 향했지.

택시가 호시우 광장에 도착했을 때, 제일 먼저 눈에 들어온 건 광장을 빙 둘러싼 쨍한 보랏빛의 꽃나무, 자카란다였어. 보라색은 슬픔을 머금고 있는 색이라 부드러운 봄날의 풍경 속에서 혼자 걷도는 느낌이었지. 그렇게 생각하면서도 금세 매혹됐어. 도시 곳곳에 자카란다 나무가 가득했는데, 여행 내내 보라색만 눈에 띄면 홀린 듯 그쪽으로 걸음을 옮겼으니까.

체크인을 하고 밖으로 나와 4월 25일 다리를 바라보며 테주강 변을 걸었어. 바다를 닮은 강. 재킷을 걸치고도 바람이 꽤 차갑게 느껴졌는데 그만큼 강물도 차갑겠지, 하는 생각에 이르자 명치에 뜨겁고 끈끈한 감정이 고여 들었어. ……그래, J 얘기를 하지 않을 수 없겠다. J는 결국 봄에 떠났어. 그녀는 3월의 차가운 바다에 들어갔고 다행인지 불행인지 구조가 되었지만, 의식이 없는 상태로 병실에 누워 있다 담장 아래로 라일락 향이 쏟아지는 봄날에 영영 가버렸어.

J를 처음 본 건 몇 해 전 겨울이었어. 우리의 '첫 모임'이 있던 날이었지.

그날 나는 약속 시간보다 20분 일찍 망원동에 도착했어. 주택이 다닥다닥 붙어 있는 낡은 골목에 간간이 모자와 구두를 함께 파는 소규모 편집 숍이나 테이블이 두 개뿐인 파스타점, 천연 비누와 향초를 파는 상점이 액세서리

처럼 반짝거렸어. 해가 바뀐 지 얼마 되지 않아 아직 출입
문 앞에 크리스마스트리를 내놓은 가게도 눈에 띄었지.

지하철역에서부터 5분쯤 걸었을까. M이 운영하는 북 카
페는 생각보다 가까운 곳에 있었어. 부근의 가게들이 그
렇듯 공간이 협소했고. 숨소리가 다 들릴 만큼 좁은 공간
에서 15분쯤 멀뚱멀뚱 있어야 한다는 생각에 나는 그대로
카페를 지나쳐 어두운 골목을 걸었어. 모임 장소에 너무
일찍 도착하면 어색함을 견디기 힘들고 너무 늦게 도착하
면 몰려드는 시선을 감당하기 어려운 법이잖아. 날이 추
워 차라리 안에 들어갈 걸 그랬나, 하는 후회와 다 그만두
고 집에나 가버릴까, 하는 고민이 뒤엉켰지만 그냥 갈 수
는 없었어. 그땐 그 모임에 참석하는 것이 나의 유일한 새
해 계획이었으니까.

골목을 배회하다 약속 시간 5분 전에 카페 문을 열고
들어갔을 때, 6인용 테이블 한쪽 모서리에 긴 머리 여자
가 앉아 있었어. 여자는 나를 보고 고개를 까닥하며 인사
했어. 웨이브 펌이 풀린 건지 원래 고수머리인지 알 수 없
었지만, 여자가 움직일 때마다 조명등 불빛이 구불구불한
머리칼 위에서 부드럽게 미끄러졌지. 그것이 알폰시나(인

터넷카페에서 J가 쓰던 닉네임이었어)에 관한 나의 첫 번째 기억이야. 카운터를 지키고 있던 남자, 그러니까 영업을 하지 않는 월요일마다 기꺼이 모임 장소를 제공하기로 한 선량한 북 카페 사장 M이 따뜻한 차를 내왔고, 차가 다 우러나기 전에 출입문이 열리며 안경을 쓴 뾰족한 인상의 여자가 들어왔어. 모임의 리더 K였지.

"R과 S는 오지 않을 겁니다. 시작도 하기 전에 탈퇴하겠다고 하더군요. 이대로 우리 넷이 진행할까요?"

K가 J와 M, 그리고 나를 차례로 돌아봤고, 눈이 마주친 순서대로 고개를 끄덕였어. K가 이끄는 대로 우리는 먼저 간단히 자기소개를 했고, 서른두 살의 K는 해외 출장이 잦은 일을 하는 사람, K보다 한 살 어린 M은 바리스타 자격증을 갖고 있는 북 카페 사장, 나와 동갑인 스물여덟 살의 J는 직장을 그만두고 쉬는 중이라고 했지. 나는 조금 망설이다가 이런저런 글을 써서 밥벌이를 하는 사람이라고 짧게 소개했어. 소설가를 꿈꾸며 신춘문예에 도전하고, 또 좌절하던 시절이었지.

"그럼 나부터 시작할게요."

K가 곧장 본론으로 들어갔어.

"난 뉴욕에 갈 거예요."

그녀는 숨을 깊이 들이마셨어.

"센트럴파크에서 가까운 곳에 호텔을 잡고 아침마다 공원을 산책할 겁니다. 가을이나 봄이 더 아름답다고들 하지만 나는 겨울의 센트럴파크를 좋아해요. 잎이 다 떨어진 나무들과 얼어붙은 호수를 보면 마음이 차갑게 가라앉으니까요. 하루는 브로드웨이에서 뮤지컬을 보고, 하루는 브라이언트파크에서 스케이트를 타고. 그리고 마지막 날엔 엠파이어스테이트빌딩에 올라갈 거예요. 그날 거리에 눈이 쌓여 있으면 좋겠군요. 그럼 조금 덜 무서울 테니까."

K는 준비한 대사를 읊는 배우처럼 쉬지 않고 말했어. 엄지로 턱에 난 수염을 문지르던 M이 천천히 고개를 저으며 끼어들었지.

"거긴 구조상 쉽지 않을 겁니다."

M이 심각한 얼굴로 테이블 한가운데에 스마트폰을 내려놓았어. 화면 안에 엠파이어스테이트빌딩의 야경이 담겨 있었지.

"자, 여기를 보세요. 위로 올라갈수록 면적이 좁아지는 계단식 구조죠. 전망대와 수직으로 닿는 면은 바닥이 아닌 불과 몇 미터 아래의 다른 층일 뿐입니다. 직원의 눈을 피해 펜스에 무사히 올라간다 해도 포물선을 그리며 떨어지지 않는 한 사실상 실패할 확률이 높은 거죠. 누군가 K님을 공 던지듯 멀리 던져주는 게 아니라면 다른 빌딩을 찾아보는 게 좋겠네요."

"장소가 뉴욕이라면…… 시신 운반 절차나 비용 등 사후 문제에 대해서도 생각해두셨나요?"

이번에는 J가 물었어.

그래, 그건 자살 계획을 말하는 모임이었어. 죽고 싶지만 죽는 게 두려워서 죽지 못하는 사람들, 하지만 사는 것 역시 죽는 것 못지않게 두려운 사람들이 매주 월요일에 모여서 어떻게 죽을지 구체적으로 털어놓는 모임. 그러니까, 일주일에 한 번씩 '말'로 죽는 사람들의 모임. 조금 이상하게 들릴지 모르지만, 머릿속에서 한 번 죽고 돌아오면 어떻게든 일주일을 버틸 만큼 숨이 채워졌거든. 다음 월요일이 되면 새로운 방법을 연구해 오거나 지난번의 계획을 보완해 오거나 하는 식으로 모임을 이어갔지. 누군가 기발하고도 완벽한 방법을 생각해내면 아이러니하게도 생기가 돌던 모임. 깜짝 놀랄 만한 아이디어를 풀어놓는 사람은 주로 M이었고, 리더 K는 세계 각국의 랜드마크를 소재로 활용했고, 나와 J는 누구나 생각할 법한 평범한 방법들을 말했어. 다만, 첫날 J가 들려준 얘기만큼은 꽤 특별하게 느껴졌는데, 그때 J의 눈빛은 아주 먼 곳에 닿아 있었지. 그녀는 이렇게 말했어. 하늘과 바다를 똑같이 사랑하지만, 하늘로 뛰어들 수 없으니 바다에 뛰어들 거라고. 그 얘기를 듣고 아르헨티나의 시인 알폰시나 스토르니를 떠올렸어. 분명 J의 닉네임은 시인의 이름에서 가져온 거라고 생각했지. 바다를 사랑했고, 마지막 순간에 스스로 바다에 들어간 그 시인 말이야.

여행 둘째 날 아침 일찍 카르무 수도원에 갔어. 1755년 대지진에 무너진 그곳은 이제 벽체와 기둥, 아치의 일부만 남아 있었어. 그저 출입구 하나 지나왔을 뿐인데 전혀 다른 세상으로 들어온 기분이 들었지. 천장엔 화려한 성화 대신 리스본의 파란 하늘이 떠 있었고 마른 뼈대 같은 건물 사이로 바람이 살아 있는 듯 움직였어. '분다'는 느낌이 아니라 마치 눈에 보이지 않는 존재가 기둥과 기둥 사이를 빠르게 스쳐가는 것 같았지. 대지진 때 죽은 수많은 사람들이 이곳에 모여 있는 건 아닐까 하는 생각을 하면서 바람을 따라 천천히 걸음을 옮겼어. 폐허인 채로 남아 있는 건물과 찬란한 하늘. 그늘의 서늘함과 잔디밭에 돗자리처럼 펼쳐진 햇살. 이 선명한 대비 때문인지 산 자와 죽은 자가 함께 머물기에 알맞은 장소처럼 느껴졌어. 비로소 멀리 떠나왔음을 실감했는데 그건 단순히 서울과 리스본의 거리 때문만은 아니었고, 뭐랄까, 시간과 공간 너머의 아득한 곳에 떠 있는 기분이었지. 새소리. 잔디에 누워 나른하게 졸고 있는 고양이. 이런 것만이 현실을 실감하게 해서 나는 생을 붙잡듯 작은 동물 옆에 주저앉아 녀석의 부드러운 털을 쓰다듬었어. 낯선 손길이 싫지 않은지 고양이는 슬며시 눈을 떴다 감았을 뿐 이내 단잠 속으로 빠져들었지.

여행이 좋은 이유를 말해보라면 쉬지 않고 몇 개쯤 댈 수 있는데, 그중 하나는 이런 거야. 일상의 낭만화. 검버섯과 주름이 가득해 나이를 숨길 수 없는 노인처럼 노후된 건물, 녹이 슨 발코니에 널어둔 빨래…… 이렇게 누군가의 초라한 삶조차도 낭만적인 시선으로 바라보게 되는 것. 여행자의 순수하고도 긍정적인 시선 때문일까. 현지인 또한 이방인을 비슷한 시선으로 바라보고 친절하게 대한다는 것도 여행의 장점일 거야. 양쪽 모두 현실에서 빠져나와 잠시 연극을 하는 시간을 갖는 거지. 살기 위해서, 다치지 않기 위해서 단단하게 닫아두었던 마음을 열고 자기 안의 선한 본능을 아낌없이 꺼내는 시간을. 사진을 찍듯 짧은 순간 하나를 주고받음으로써 생이 아름다움 쪽으로 잠시 기우는 시간을.

포르투갈 여행에서도 짧지만 좋은 인연들을 많이 만났어. 아줄레주 박물관에 갈 때도 그랬지. 코르메시우 광장에서 728번 버스를 탔는데, 박물관이 정류장과 정류장 사이에 위치해 있어서 그냥 앞선 곳에서 내리려고 했거든. 그때, 잘 구운 빵처럼 따뜻한 빛깔의 스웨터를 입은 할아버지가 포르투갈어로 말을 걸었고, 나는 포르투갈어를 모르지만 그가 하는 말이 "박물관에 가려면 다음 정거장에서 내리는 게 좋을 거야, 나도 다음에 내리니까 내가 길을 알려줄게."라는 걸 금세 이해할 수 있었어. 한국어로도 소통이 안 되는 순간이 많은데, 여행지에서 종종 이런 경험을 하는 걸 보면 이런 걸 여행의 신비라고 해야 하나. 어쨌든 버스에서 내려서(물론 스마트폰으로 구글맵스를 볼 수도 있었지만) 할아버지와 함께 걸었고, 갈림길에서 헤어질 때 할아버지는 내게 길을 따라 쭉 가다가 좌회전하면 된다고 알려주었지. 얼마간 걷고 있는데 누군가 소리를 쳐서 돌아보니 우리가 헤어진 바로 그 자리에서 할아버지가 커다란 동작으로 왼쪽을 가리키고 있었어. 아마도 "거기, 거기서 왼쪽으로 가면 돼." 같은 말들을 외치면서. 순간 가슴이 뜨끈해지더라. 이름도 모르고 아무런 상관도 없는 타인을 위해 몇 분이라는 시간을 길에 서서 기다려주었다는 게. 찾기 어려운 길이 아니었음에도 혹시 헤맬까 싶어 마음을 써주었다는 게. 나와 할아버지는 길 끝과 끝에서 서로에게 오래도록 손을 흔들었어. 아줄레주 박물관에서의 시간이 좋게 기억되는 건 단지 내가 타일을 좋아하기 때문만은 아닐 거야.

친절한 사람들. 아름다운 골목. 맛있는 음식. 좋은 날씨. 행복하기에 충분한 조건 속에서도 그러나 마음은 때때로 무겁게 가라앉았어.

너는 어때?

나의 경우 '그것'이 언제, 어떻게, 왜 내게로 왔는지 알수 없어. 분명한 건 아주 어릴 때부터 내 안에 있었다는

거야. 어쩌면 나라는 존재가 생겼을 때부터 함께였는지도
모르지. 지나치게 섬세하고 예민한 심장을 갖고 태어났기
에 남들은 느끼지 못하거나 금세 잊어버릴 일들에 마음을
오래 앓곤 해. 이유가 있어서 가라앉는 건 그나마 괜찮아.
원인을 찾아 해결하면 되니까. 하지만, 나의 경우 '그것'은
대개 자연현상 같은 거야. 밀물과 썰물처럼, 계절처럼, 오
고 가고 다시 돌아오는 것. 마음에 도무지 힘이 들어가지
않다가 어느 순간 빛이 스며드는 것. 그나마 다행인 건, 나
는 작은 일에도 커다란 행복을 느끼는 사람이라는 거야.
이런 건 결코 수치화하거나 표준화할 수 없는 문제지만,
쉽게 설명하려면 어쩔 수 없이 숫자를 좀 빌려와야겠다.
삶의 가장 나쁜 순간을 0, 가장 좋은 순간을 100이라 할
때, 보통 사람들이 60쯤 되는 우울과 80쯤 되는 행복 사이
에서 살아간다면 난 마이너스의 우울과 100을 넘어서는
행복을 느끼며 살아간다고 해야 할까. 푹 가라앉는 날들도
있지만, 햇살 하나 바람 하나에도 충분히 행복한 날들이
더 많으니 이 정도면 공평한 삶이라고 생각해. 둘 중 고를
수 있다면 덜 힘든 대신 덜 보고 덜 느끼면서 사는 쪽보다
는 지금처럼 종종 마음을 깊이 앓는 대신 계절의 아름다

움이나 노래 한 곡이 주는 행복 같은 것을 더 깊이 느끼는 삶을 택할 거야.

J는 나와 다른 케이스였어.

그 모임은 6개월도 못 가서 흐지부지 끝나버렸어. 죽을 방법을 연구하는 것조차 버거울 만큼 무기력해진 K가 더 이상 모임에 나오지 않았고 나머지 사람들 역시 도미노처럼 무너져버렸거든. 월요일 저녁에 할 일이 사라졌다고 생각했는데 J에게 연락이 왔어. 그때부터 나와 J, 둘이 만나기 시작했지. 모임 때와는 다르게 우리는 서로의 사적인 영역에까지 발을 들여놓았어. 죽음뿐 아니라 삶의 영역까지도. J는 뜨끈한 국물이 있는 면 요리를 좋아하지만 면만 건져먹을 뿐 국물은 거의 먹지 않는 식습관을 갖고 있었고, 플레이리스트에는 메르세데스 소사와 아쥬어 레이와 시가렛 애프터 섹스의 노래가 들어 있었어. 그렇게 그녀에 대해 조금씩 알아갔지. J의 '그것'은 내 경우와는 좀 달랐어. 흔히 우울증은 마음의 감기라고들 하잖아. 감기, 지나가는 거라고. 대부분의 사람들에겐 그럴 수 있겠지만, 나의 경우 날 때부터 갖고 있던 난치병 같은 거였고, J는 건강하게 태어났다가 살면서 암처럼 지독하게 들러붙은 경우였지. 내가 빛과 어둠 사이를 오가며 살아간다면 그녀는 빛에서 미끄러져 서서히 어둠 속으로 침잠하는 중이었어. 그 무렵엔 나도 꽤 오랜 기간 어둠 속에 머물렀기 때문에 (아무것도 할 수 없는 무기력한 상태, 도무지 어떻게 살아가야 할지 모르겠는─방법의 문제가 아닌 생존의 문제─상태, 영영 이 모든 상태에서 벗어나지 못할 거라는 불안……) 우리는 더 가까워질 수 있었는지도 몰라. 무엇보다 '그것'과 함께 살아가는 사람을 어떻게 대해야 하는지 둘 다 조금은 이해하고 있었으니까. J가 "죽을 것 같아."라고 문자를 보내면 나는 그녀의 망원동 원룸에 찾아갔어. 비밀번호를 누르고 안에 들어가면 대개 J는 침대에 누워 있거나 바닥에 흘러내린 이불처럼 주저앉아 있었어. 어떤 날은 소리 없이 눈물만 흘렸고, 어떤 날은 잠이 든 것처럼 눈을 감고 있었지. 나는 J와 조금 떨어진 곳에 말없이 앉아서 그녀가 숨을 고를 때까지 기다렸어. 할 수 있는 거라곤 그것뿐이었고 어쩌면 J에게 필요한 것도 그것뿐이었는지 모르지. 방 안을 무겁게 채우고 있던 공기 속에 땀 냄새와 눈물 냄새와 뭔가가 썩어가는 냄새가 묻어 있었어. 나는 작은 방을 찬찬히 둘러보다가 이따금 J의 숨소리에 귀를 기울이면서 시간을 견뎠지. 마침내 J가 숨을 길게 내쉬고 다시 깊이 들이마시면 나는 조금 더 가까이 다가가서 그녀의 손을 잡았고, 그녀를 욕실에 데려가 씻기거나 죽을 몇 숟갈 떠먹인 다음 침대에 누이거나 창문을 열고 집 안을 청소했어. 반대로 내가 죽을 것 같은 날에는 J가 내 곁에 말없이 앉아 있어 주었지.

그해 여름에 J와 나는 한강에 가서 둘 중 하나가 "그만 갈까?" 하고 말할 때까지 돌멩이처럼 앉아 있곤 했는데, 어떤 때는 너무 늦어버려서 J의 방에서 자고 간 날도 있었어. 여름이라 하기엔 좀 늦은 감이 있고 가을이라 하기엔 아직 설익은 감이 있던 9월의 어느 날, 불 꺼진 방 안에 창문 크기만큼의 엷은 빛이 떠 있었고 이따금 골목에서 쓸쓸한 발소리가 들려왔지. 발소리를 따라 의식이 먼 곳까지 흘러갔다가 유독 크게 들리는 초침 소리를 쫓기도 하면서 잠을 기다렸는데, 어느 순간 J가 팔베개를 하고 내 쪽으로 누웠어. 그녀가 내쉬는 숨이 내 볼에 닿을 만큼 가까워져서 나도 모르게 숨을 삼켰지. 늘 천장을 보고 나란히 누워 있다 잠들곤 했기에 J의 갑작스러운 행동에 당황할 수밖에. 그녀는 팔베개를 하지 않은 손을 뻗어 내 눈, 코, 입을 찾는 것처럼 더듬거렸고 그런 상황이 어색하고 간지러워서 나는 웃음을 터뜨렸어. J도 따라 웃다가 손바닥을 둥글게 접어 내 뺨을 감쌌어. J가 나를 끌어당긴 건지 내가 움직인 건지 알 수 없었지만 어느새 우리는 마주 보고 있었지. 나는 J의 길고 탐스러운 머리카락을 가만히 쓸어내렸어. 부드러운 곡선을 그리며 자라는 그 사랑스러운 머리칼을. 그러다 누가 먼저인지 모르게 이마를 맞댔고, 서로의 어깨를, 허리를, 둔부와 가슴을 어루만지다 입을 맞추었지.

그날 이후 우리는 종종 다정한 연인처럼 잠을 잤어. 시간이 좀 지난 후에 그것이 사랑이었을까, 스스로에게 묻곤 했는데…… 아니더라. 적어도 연애 감정의 사랑은 아니었어. 물어본 적은 없지만 아마 J도 마찬가지였을 거야. 우린 그저…… 살고 싶었겠지. 어떻게든 살고 싶어서, 삶을 붙잡고 싶어서 체온이 느껴지는 서로의 육신에 파고든 게 아니었을까.


사실 포르투갈 여행의 진짜 목적지는 리스본이 아닌 포르투였어. 맛있는 음식을 나중에 먹듯이 포르투를 아껴두고 리스본을 먼저 돌아본 건데, 내게 리스본은 기대 이상으로 좋은 곳이었어. 알파마 지구의 오래된 골목들(여행을 할 때 가장 행복한 순간은 강변을 따라 걸을 때, 구도심의 골목을 걸을 때, 공원에 느긋하게 앉아 있을 때야. 알파마 지구의 길들이 좋아서 리스보아 카드를 갖고 있었음에도 내내 걸어 다녔지). 골목을 지날 때 어느 가게에서 흘러나오던 마리자의 노래. 좁고 가파른 길을 지나가는 트램. 맛있는 음식(특히 좋았던 레스토랑이 있는데, 사람들이 줄을 서서 기다릴 만큼 맛집이었거든. 내 차례가 됐을 때 하필이면 6인용 테이블이 빈 거야. 우리나라였다면 내게 양해를 구하고 내 뒤에 있던 4인 가족에게 먼저 자리를 내주었을 텐데 그러지 않더라. 순서대로 나를 자리로 안내하기에 4인 가족과 합석하겠구나 생각했는데 그것도 아니었어. 아, 이 사람들은 돈을 버는 게 우선이 아니구나 싶었지. 넓은 6인용 테이블에 앉아 세심한 서비스를 받으며 만족스러운 식사를 했고, 나올 때는 주인아저씨가 카운터 밑에서 슬쩍 꺼내 따라준 진지냐를 한 잔 마시기도 했어. 음식과 와인도 훌륭했고, 디저트로 먹은 초콜릿케이크와 커피도 좋았고, 무엇보다 친절했던 곳. 언젠가 네가 리스본에 가게 된다면 레스토랑 이름을 알려줄게). 태양의 빛을 쪽 빨아들인 듯한 주황색 지붕들을 원 없이 내려다볼 수 있는 포르타스 두 솔 전망대(전망대에 있는 레스토랑에서 포트 와인에 대구살과 병아리콩이 들어간 샐러드를 먹었는데, 비둘기들이 날아와 병아리콩을 빼앗아 먹는 바람에 한바 탕 즐거운 소동이 벌어지기도 했지). 그라사 전망대. 세뇨 라 두 몬테 전망대. 젤라또. 카르무 수도원. 벨렘 공원. 시 나몬파우더를 잔뜩 뿌린 나타와 에스프레소. 멋쟁이 할머 니들.

리스본을 떠날 때 좀 아쉬웠지만, 리스본도 이 정도인데 포르투는 또 얼마나 좋을까 기대하는 마음이 더 컸기에 포르투행 기차에 기분 좋게 올라탔어. 기차 여행은 이쪽의 생과 창밖의 생이 짧게 스쳐가는 일. 유리창 너머로 보이 던 공사장 인부나 가슴이 드러나는 티셔츠를 입은 여자애 에게도 태어나서부터 지금까지의 시간들이 있었고, 기차 가 지나간 뒤에도 그들의 삶이 계속 이어질 거라는 생각 을 하면 머릿속이 아득해지고 술에 취한 듯 현기증이 일 어. 내가 다 알 수 없는 생과 생과 생들이 세계 곳곳에서 바글거리고 있다는 생각을 하면 신기하고 아름답고, 그러 다 괜히 코끝이 찡해지더라.

시골은 어디나 비슷하지 싶다가도 가끔 이국적인 풍경들이 튀어나왔고, 길가에 핀 보라색 작은 꽃들과 양귀비가 아닌가 싶은 다홍색 꽃들, 농가 창문에 드리워진 레이스 커튼, 미루나무와 포도밭과 올리브나무를 바라보다가 어느샌가 창밖으로 바다가 보였고 2시 50분경 포르투 캄파냐 역에 도착했어. 택시를 타고 숙소로 이동하는데, 거리의 풍경들 위로 2002년 인도를 여행할 때 본 장면 하나가 포개지는 거야. 빛이 바랜 듯 뿌연 색깔의 도시. 새벽의 맵고 쌀쌀했던 공기와 집 앞에 나와 쭈그리고 앉아 있던 터번을 둘러쓴 노인. 흙냄새. 안개 냄새. 뭔가를 태우는 듯한 슬픈 냄새. 포르투갈은 스페인과 붙어 있음에도 내게 두 나라는 너무 다른 느낌이었고 오히려 멀리 있는 인도를 떠올리게 했어. 특히 포르투는 인도에 다시 온 듯한 착각이 들 정도였지. 하긴, 바스코 다가마의 나라니까 어쩌면 당연한 건지도 모르겠다.

아름다운 동 루이스 다리가 보이는 방에 짐을 풀고 제일 먼저 한 일은 현지인들이 즐겨 찾는 고기 샌드위치 집에 늦은 점심을 먹으러 간 거야. 장조림 맛이 나는 두툼한 고기와 치즈가 들어간 샌드위치에 시원한 맥주를 마시고 있는데, 형제로 보이는 남자 셋이 옆 테이블에 앉았어. 셋은 중요한 토론이라도 하는 듯 속닥거리며 곁눈질을 하다 결국 궁금증을 참지 못하고 막내가 영어로 물었어. "어느 나라에서 왔니?"(세계 어디를 여행하든) 국적을 밝히는 순간 그들은 자기가 알고 있는 한국에 관한 모든 정보를 쏟아놓기 시작하지. 그러면 나는 이방인임을 한껏 즐기며 "안녕하세요", "고맙습니다" 같은 말을 알려주고, 헤어질 때 나는 "차오" 그들은 "안녕" 하고 인사를 하는 거야. 이런 작은 순간들을 지나고 나면 햇볕에 널어놓은 것처럼 마음이 바삭해져. 다시 일상에 돌아가 축축하게 젖고, 쪼그라들고, 주름이 생기거나 금이 갈 때마다 꺼내볼 풍경들.

짧지만 즐거운 대화를 나누고, 미소를 주고받고, 거리 곳곳을 걸으면서 사실 나는 리스본의 알파마 지구를 조금 그리워했어. 인도와 겹치는 인상 때문인지 갠지스강 변에서 느낀 근원적인 슬픔 같은 게 스멀스멀 올라오면서 마음을 습하게 만들었거든. 비로소 포르투에 빠져들기 시작한 것은 해가 질 무렵이었어. 포르투에서 세상 어디에도 없는 '오직 포르투'다웠던 곳은, 물론 파란색 아줄레주로 장식한 성당이나 기차역도 그러했지만, 무엇보다 밤의 히베이라 광장이었지. 바다를 닮아 죽음을 떠올리게 하던 테주강과 달리 도루강은 우리의 한강처럼, 파리의 센강처럼, 프라하의 블타바강처럼 강변의 아름다운 풍경을 모두 갖고 있었어. 강물 위로 쏟아진 빛들. 조명을 받아 더욱 아름다운 동 루이스 다리. 버스킹을 하는 사람들. 히베이라 광장 부근은 아침부터 밤늦게까지 머문대도 전혀 지겹지 않은 곳이었어. 저녁이면 호주 출신의 싱어송라이터가 버스킹을 했는데, 나는 그녀의 목소리에 사로잡혀 음반을 구입하고 매일 공연을 보러 갈 만큼 빠져들었지. 검정색 페도라를 쓴 그녀는 꼭 신발을 벗고 무대에 오르곤 했는데, 매번 눈에 띄는 컬러에 귀여운 무늬가 들어간 양말을 신고 있어서 한국에 가면 그녀에게 양말을 잔뜩 보내주고 싶다는 생각이 들 정도였어. 그러다 한번은 조금 늦게 도착해서 공연을 보지 못했는데, 광장 뒤쪽에서 우연히 그녀의 뒷모습을 발견한 거야. 한쪽 어깨엔 기타를 메고, 공연하는 데 필요한 각종 장비가 들어 있을 커다란 캐리어 두 개를 끌며 그녀는 포르투의 언덕을 오르고 있었어. 매일 공연이 끝나면 무거운 짐과 함께 그 높고 긴 언덕을 올라 보금자리로 돌아갔겠구나, 하는 생각에 눈물이 날 것 같았지. 집에 돌아가면 사람들이 기타 케이스에 던져준 돈을 세어보고, 5유로짜리 CD를 몇 장 팔았는지 계산해보고, 어떤 날은 계속 해나갈 힘을 얻고, 어떤 날은 계속 해야 할지 의심을 품으며 살아갈까. 알 수 없지만 한 가지 확실한 것은 노래를 만들고 부를 때 그녀가 가장 행복할 거라는 사실이었어. 그래서 나답지 않게 용기를 냈지. 그녀의 걸음을 따라잡은 뒤에 진심을 담아 말했어. "당신의 목소리는 정말 특별해요. 행운이 있기를 빕니다."

사실 나도 그렇거든. 글을 쓰는 삶이란 언제나 쉽지 않고 고통스러운 일이지만, 그 고통을 넘어설 만큼 행복한 일이니까. 인생에서 가장 어둡고 무거웠던 시기에 신춘문예 당선 전화를 받았는데, 생각해보면 나를 살아 있게 하고 살고 싶게 만드는 건 언제나 '글'이었어. 물론 등단을 했다고 해서 '그것'이 사라진 건 아니지만, 세상과 나를 연결하는 끈 하나가 좀 더 단단해진 셈이랄까. 우울 역시 강력한 에너지니까 그 에너지를 좋은 쪽으로 끌어오는 방법 같은 걸 터득하기도 했고(물론 늘 통하는 방법은 아니지). 반면 또 다른 끈 하나는 점점 느슨해졌어. J와의 관계가 흔들리기 시작한 거야. 관계가 벌어진 원인이 등단 때문이었는지, 아니면 감정이 다 닳아가던 시기에 마침 내가 등단한 건지는 여전히 모르겠지만.

첫 키스를 나눈 그 여름 이후 우리는 가을과 겨울을 함께 보냈고, 신춘문예 시상식에 J가 참석할 만큼 우리는 겉으로 보기에 나름대로 생기 있게 한 해를 시작했어. 나 혼자 보는 글이 아닌 누군가들이 읽게 될 글을 쓰느라 바쁘게 보내던 봄에 J는 내가 쓴 초고를 읽고 의견을 주기도 했고. 처음엔 J가 잠시 침잠을 멈췄다고 생각했는데, 오래지 않아서 내 앞에서조차 가면을 쓰기 시작했다는 걸 눈치챘어. 나는…… 모르는 척했지. 사실 타인의 '그것'을 해결해줄 방법 같은 건 없고 해줄 수 있는 거라곤 그저 적당한 거리에 함께 있어 주는 것뿐인데, 나는 여전히 옆에는 있되 그녀의 진짜 마음을 모르는 척하기 시작한 거야. 그무렵 J가 더 이상 일자리를 구하기 위한 그 어떤 노력도 하지 않는다는 걸 알고 조금 화가 나 있는 상태였거든.

"요즘은 도통 이력서를 보여주지 않네."

"새로 쓴 게 없어."

"구직 사이트는 체크하고 있는 거지?"

"……."

"뭐라도 해봐야지."

"그게…… 쉽지 않네."

"그래도 일단 뭐든 해봐야지. 계속 그러고 있을 순 없잖아."

아주 잠깐이었지만 J의 얼굴에서 모든 감정이 사라지는 걸 느꼈어. 곧 표정 없는 얼굴 위로 친절한 웃음이 덧씌워졌지. 그때 내가 했던 말들이 그녀를 얼마나 아프게 했을까. '그것'은 의지의 문제가 아닐 때가 많다는 걸 잘 알면서, 침대에서 빠져나오는 일조차 눈물이 날 만큼 버겁고, 냉장고를 채우고 있는 음식들이 상해가지만 그것들을 치울 힘이 없고, 방에 어둠이 고여 들기 시작해도 불을 켤 엄두조차 나지 않을 만큼 힘든 순간이 있다는 걸 누구보다 잘 알면서 J에게 그런 말을 했다는 게. '그것'에 대한 이해가 부족해서 긍정과 희망의 말들을 폭력처럼 휘두르는 타인들처럼.

어쩌면 나는 J의 '그것'에 전염될까 봐 두려웠는지 몰라. 그 무렵 나는 오랜 어둠의 시기를 지나 빛으로 건너가고 있었으니까. 아니면 단순히 관계에 지쳤던 건지도 모르지. 혹은 J가 진짜로 '일'을 저지를까 봐 겁이 났을지도. 그런 일이 벌어진다면 난 J를 곁에 두고도 그녀를 잡지 못했다는 죄책감에 평생 시달려야 할 테니까. 이유야 뭐가 됐든 그즈음 나는 J에게서 조금씩 멀어졌어. J도 나에게서 멀어졌고 여름의 끝을 마지막으로 우리는 더 이상 연락하지 않는 사이가 됐지. 그러고 나서 해가 몇 번 바뀌었고 올해 3월에 낯선 번호로 전화가 걸려온 거야. 받지 않았지, 모르는 번호였으니까. 다음 날에도 같은 번호로 전화가 걸려왔고 그제야 통화 버튼을 눌렀는데, 그것이 J의 새 전화번호였다는 것, J가 결국 바다에 들어갔다는 것, 그러기 전에 마지막으로 전화를 걸었던 상대가 나였다는 걸 J의 가족에게 전해 들었어. 병원에 갔을 때 그녀는 몸만 이곳에 붙들려 있는 상태였어. 우리는 눈인사조차 나눌 수 없었지. J를 구조했을 때 의식은 이미 바닷물 깊은 곳으로 가라앉은 뒤였으니까.

여행지에서의 순간, 순간은 천천히 흘러갔지만, 하루는 빨리 지나갔어. 여행을 사흘 밤 남겨둔 날 슬슬 떠나기 아쉬운 마음이 들어 동 루이스 다리가 보이는 방에서 커튼을 활짝 젖혀둔 채로 야경을 바라보다 깜빡 졸고 그대로 새벽을 맞이했어. 밤새도록 환하게 조명을 켜두는 동 루이스 다리를 바라보는 건 사랑하는 사람의 잠든 얼굴을 바라보는 것만큼 마음이 잔잔해지는 일이었지. 새벽하늘을 날아다니는 갈매기와 제비를 보다가 서둘러 침대에서 빠져나와 아침 일찍부터 부지런히 거리 곳곳을 돌아다니고, 공원을 산책하고, 시장을 구경하다 히베이라 광장 쪽으로 내려갔어.

리스본처럼 포르투 역시 언덕이 많은 도시였고, 때문에 동 루이스 다리는 높은 지역과 낮은 지역 모두 효율적으로 이동할 수 있게끔 2층 구조로 되어 있었어. 높이가 85미터나 되는 위층에는 사람과 전철이, 아래층에는 사람과 자동차가 다니게 돼 있었는데, 육교를 건너는 것조차 쉽지 않을 만큼 고소공포증이 심한 나는 다리 위층을 건너지 못해 골목 사이로 이어지는 수백 개의 계단을 내려와 히베이라 광장에서 시간을 보낸 다음 해 질 무렵 다리 아래층을 건너 가이아 쪽으로 넘어갔어. 그러고는 다시 등산을 하듯 언덕을 올라 힐 가든에서 히베이라 쪽을 바라보며 일몰을 감상하곤 했지.

그날 저녁, 광장 근처의 레스토랑에서 감자와 양배추를

넣고 끓인 수프에 문어구이, 그리고 화이트와인으로 기분 좋게 저녁 식사를 마치고 일몰 시간에 맞춰 동 루이스 다리를 건너갔어. 가파른 언덕을 올라갔을 때 힐 가든에서는 벌써 버스킹이 한창이었고 공원은 사람들로 가득해 마치 음악 페스티벌 현장 같았지. 매일 해가 떨어질 때마다 축제가 벌어지는 도시라니. 나는 이 작은 도시가 견딜 수 없이 사랑스러워서 보이는 것과 들리는 것, 피부로 느껴지는 모든 것들을 몸 안에 천천히 저장해두었어. 그렇게 해두면 한국에서의 어느 날 비슷한 바람이 스쳐 갈 때마다 그날 그곳의 모든 것들이 생생하게 되살아나니까. 많은 사람들이 잔디로 뒤덮인 언덕에 누워 해가 서서히 가라앉는 풍경을 지켜봤고, 대담한 젊은이들은 난간에 걸터앉기도 했어. 나도 적당한 곳에 자리를 잡은 다음 강가에 늘어선 레스토랑에서 꽃이 피어나듯 노란 불이 켜지는 걸 바라봤지.

여행하는 내내 날씨가 좋았지만, 그날은 특히 세상 모든 것이 선명했어. 검푸른 빛과 붉은빛으로 나뉜 하늘도, 잔디의 초록빛도, 강물 위로 흐르던 노을도, 강 건너 보이는 건물의 주황빛 지붕들도. 풍경도 사물도 사람도 모두 테두리가 뚜렷한 그림 같았지. 마침내 해가 세상의 모든 빛을 끌어당기며 강 아래로 사라졌고 누군가 "차오, 썬!" 하고 큰 소리로 태양에게 작별 인사를 했어. 고요 속에서 일몰을 지켜보던 사람들은 다시 왁자지껄 웃고 떠들었고, 거리의 연주자들은 공연을 시작했지. 아코디언 소리와 기타 소리와 노랫소리와 웃음소리가 뒤섞인 축제의 현장 속에 좀 더 머물다가 서둘러 언덕을 내려갔어. 귀여운 양말을 신고 노래하는 그녀의 목소리를 들으러 갈 생각이었거든. 숨 가쁘게 언덕을 내려와 동 루이스 다리 근처에 다다랐을 때, 건너편으로 보이는 히베이라 광장이 아름다워 카메라를 꺼내 들고 야경을 담았어. 매일 저녁마다 바라본 풍경이지만 볼 때마다 새로운 매력을 느꼈기에 걸음을 멈추지 않을 수 없었지. 뷰파인더로 세상을 바라보며 셔터를 누르다 잠시 눈을 뗀 다음 프레임에 갇히지 않은 세상을 찬찬히 둘러보고. 몇 번을 반복하고 나서야 겨우 아쉬운 걸음을 뗐어. 도루강에서 가벼운 바람이 흘러왔고, 시선은 여전히 강물 쪽에 둔 채 동 루이스 다리 아래층으로 들어서려 할 때, 그때, 위에서 누군가 소리를 질렀어. 다리 위층에서 누군가 장난을 치나 보다 생각하고 무심코 고개를 들었는데,

거기,

사람이,

있었어.

공중에,

붕,

떠,

있었어.

영화에서나 보던 그런 장면이 거짓말처럼 거기 있었어.
영화에서 사람이 추락하는 장면을 볼 때마다 늘 어딘가 어
색하다는 생각을 했는데, 그 어색한 장면과 똑같은, 흰 티
셔츠를 입은 등과 허공에서 허우적거리는 팔과 다리가 내
머리 위에 떠 있었어. 마치 누군가 합성해둔 장면처럼. 내
눈으로 보고 있으면서도 뭐지, 싶었어. 이건 새가 날고 있
는 것도 아니고, 휴지 조각이 떨어지는 것도 아니고, 심지
어 화분이라든가 신발이라든가 벽돌 같은 게 떨어지는 것
도 아니고, 사람이, 거기에, 그렇게, 붕. 그 짧은 순간, 너무
나 현실감 없는 장면에 머리가 멍했고, 곧 그게 어떤 상황
인지 명확히 깨달았어. '누군가, 다리 위에서, 스스로, 뛰어
내렸다.' 일종의 생존 본능이었을까. 그 찰나의 순간에 거

기 그대로 멍하니 서 있다가는 그와 부딪칠 거라는 생각, 겨우 비껴간다 해도 사람이 부서지는 장면을 목격하게 될 거라는 생각이 들어서 고개를 돌리고 발을 뗐어. 거의 동시에 등 뒤에서 퍽, 하는 짧고 둔한 소리가 들려왔지.

입술도, 손도, 어깨도 덜덜 떨렸어. 오직 두 개의 다리만이 내 바로 뒤에서 벌어진 일로부터 달아나듯 그곳에서 내가 갈 수 있는 가장 먼 곳까지, 조금 전 사진을 찍으려고 서 있던 난간까지 빠르게 움직였지. 방금 내가 본 장면이, 내가 들은 소리가, 도무지 이성적으로 정리가 되지 않았어. 그저 빨리 숙소로 돌아가고 싶다는 생각만 들었을 뿐. 하지만 숙소에 가기 위해서는 다리를 건너야 했는데, 다리를 건너려면 그 사람이 떨어진 그곳을 지나야 했고, 나는 도무지 그쪽을 쳐다볼 용기조차 나지 않아서 등을 돌린 채 강물을 바라보면서 덜덜 떨고만 있었어. 주변에 있던 사람 몇몇이 다가와 괜찮냐고 물었지만 혀가 굳어 도무지 말이 나오지 않았지.

그는 살아 있을까…… 하지만 다리는 높이가 85미터나 되고, 그는 강물이 아닌 단단한 돌바닥 위로 떨어졌기 때문에……

나는 고개를 저었어. 귀를 기울이고 먼 곳에서부터 사이렌 소리가 들려오기만을 기다렸어. 꽤 오랜 시간이 흘렀다고 느꼈는데, 앰뷸런스는 나타나지 않았지. 누군가는 연인의 품에 안겨 울음을 터뜨렸고, 누군가는 여전히 놀란 눈을 하고 다리 쪽을 바라봤고, 조금씩 주변 상황이 눈에 보이기 시작했어. 나는 숨을 크게 들이마시고 천천히 고개를 돌렸어. 멀리, 바닥에, 그 사람이, 있었어. 흰 티셔츠에 청바지를 입은 갈색 머리의 젊은 남자. 그는 바로 누운 자세로 고개만 옆으로 돌리고 있었어. 거리가 꽤 돼서 표정 같은 건 볼 수 없었지만 고개는 확실히 태양이 사라진 곳을 향해 있었지. 그제야 공포에 막혀 단단하게 뭉쳐 있던 슬픔이 왈칵 터져 나왔어. 그가 '그의 시간'을 일몰 직후로 정해두었다는 게. 확실하게 끝내기 위해서였는지 강물 쪽이 아닌 돌로 된 바닥 쪽을 택했다는 게. 그가 떨어질 때 내지른 소리가 공포로 꽉 차 있었다는 게. 힐 가든에서 사람들이 작은 축제를 즐기고 있을 때 그는 그것이 자신이 보는 마지막 태양이라는 걸 알고 있었다는 게. 외로웠을 테지. 무서웠을 테지. 다리 위층에서 85미터 아래를 내려다보는 게 두려워 그는 해가 사라진 먼 하늘을 바라봤을까. 부드럽고 따스한 빛을 머금고 있는 하늘을 향해 몸을 던졌을까. 하지만 그의 몸은 그의 시선이 닿은 곳이 아닌 차갑고 딱딱한 바닥을 향해 수직으로 떨어졌고, 바라보는 곳과 서 있는 곳이 달랐을 생처럼 죽음도 그러했고. 나는 그가 마지막으로 바라본 세상이 아름다운 일몰의 순간이었다는 것을 위로로 삼아야 할지 아니면 그 반대로 받아들여야 할지 알 수 없었어.

기다려도 기다려도 앰뷸런스는 오지 않았어. 어떤 남자가 커다란 천을 가져와 그의 몸을 덮어주었고, 그러고도 한참이 지나도 구급차는 나타나지 않았어. 정확한 시간은 알 수 없지만 그때 내가 느낀 시간은 공포스러울 만큼 길었지. 내가 다리를 건너가야 한다는 걸 알고 누군가 데려다주겠다고 했지만, 나는 말을 알아듣지 못하는 사람처럼 도망치듯 혼자 다리 쪽으로 향했어. 충격으로 여전히 말이 나오지 않는 건 물론 모든 시스템에 오류가 생기고 오직 '호텔로 돌아가라'는 명령어만 요란하게 깜빡이던 상태였거든. 죽은 그의 곁을 지나 다리 아래층으로 진입했고, 다리를 다 건넜을 즈음에야 멀리서 사이렌 소리가 들려왔어. 나는 수백 개의 계단을 한 번도 쉬지 않고 올라 숙소에 도착했어. 심장이 터질 듯 뛰어 그 어느 때보다도 살아 있음을 생생하게 느낄 수 있었지. 방에 돌아왔을 때, 탁 트인 창 너머로 바로 그 다리가, 어젯밤까지만 해도 아름답게 보이던 그 다리가, 이젠 너무 끔찍해진 그 다리가 환한 조명 사이로 뼈대를 훤히 드러내고 있었어. 여행을 이틀 밤 남겨둔 상태였지만, 당장 이 나라를 떠나고 싶었어. 한국에 있는 가족에게 연락해 가장 빨리 떠날 수 있는 비행기 티켓을 알아봐달라고 부탁했고, 친구들과 메시지를 주고받으면서 겨우 밤을 버틸 수 있었지.

동이 트기도 전에 짐을 꾸렸어. 좌석이 없어 당장 비행기를 탈 수는 없었지만 일단 동 루이스 다리가 보이는 방에서 달아나고 싶었거든. 날이 밝자마자 캐리어를 끌고 밖으로 나왔어. 새로운 호텔에 짐을 맡기고 중심가에 있는 카페에 처박혀 있다가 체크인을 하자마자 욕조에 따뜻한 물을 받고 몸을 푹 담갔어. 부드러운 물속에서 무릎을 끌어안고 있으니 산란했던 마음이 조금씩 가라앉기 시작했지. 천천히 생각해봤어. 전날, 어떤 불길한 징조 같은 게 있었나. 무슨 나쁜 꿈이라도 꾸었나. 아무리 더듬어봐도 그런 건 없었어. 아무런 예고도 없이 그날 그곳에서 그의 생과 나의 생이 마주친 거였어. 수십 년간 상관없이 이어진 생과 생이 그날 그곳에서 하필 그런 형태로 마주친 거야. 아직 J가 떠난 사실도 받아들이지 못하던 상태에서, 가혹하게도. 그때 나든, 내 앞에서 걸어가던 사람이든, 내 뒤에서 걸어오던 사람이든, 조금만 빨리 혹은 늦게, 좀 더 오른쪽으로 혹은 좀 더 왼쪽으로 걸었다면 그와 부딪쳤을 거라는 생각에 가슴이 내려앉았어. 연초에 여행을 계획할 때 포르투갈이 아닌 다른 나라를 택했더라면 어땠을까. 힐 가든이 아닌 다른 장소에서 일몰을 봤더라면. 아니면, 언덕에서 내려와 사진을 찍지 않고 좀 더 빨리 다리를 건넜더라면. 그랬더라면 누군가의 슬픈 마지막 생과 마주치지 않았을 텐데. 그는…… 어떤 삶을 살았을까. 그에게도 '그것'이 있어 그 차갑고 딱딱한 바닥으로 자신을 끌어내렸던 걸까. 그는 자신이 정한 생의 마지막 날을 어떻게 보냈을까. 저녁은, 먹었을까. 세상에 두고 가서 아쉬운 게 하나쯤은 있었을 텐데. 그럼에도 다 두고 가기로 결정한 마음. 마음처럼 되지 않았을 그 마음. 연락을 받고 병원에 달려갔을 그의 가족들에게까지 생각이 미치자 견딜 수 없어졌고 다시 눈물이 터졌어. 병원에서 본 J의 가족들. 나와 서로 연락이 없던 그 몇 년 동안 J의 삶이 어땠을지 나는 영영 알 수 없겠지. 내가 알 수 있는 유일한 것은 이제 그의 고통도, J의 고통도 모두 끝났다는 사실뿐이었어. 그것이 단 하나의 위로였지.

처음엔 다음 날 아침 공항에 갈 때까지 호텔에 숨어 있을 생각이었는데, 그러면 안 될 것 같았어. 그러면, 평생 등 뒤가 서늘한 채로 살게 될 것 같았거든. 늘 무언가에 쫓기듯이 말이야. 이 사건을, 이 감정을 정리하려면 나는 다시 그곳에 가야만 했지. 숨을 크게 들이마시고 밖으로 나와 포르투갈에서의 마지막 밤을 천천히 걸었어. 다행히 그 도시에는 성당이 많았고, 성당이 눈에 띌 때마다 들어가 내가 이름을 알 수 없는 남자와 J를 위해 기도했어. 도무지 용기가 날 것 같지 않았는데 어느덧 히베이라 광장에 도착했고, 나는 벤치에 앉아 강 너머로 그 남자가 서 있었을 곳과 떨어진 지점을 바라봤어. 전날 누군가 죽음을 결심한 곳에서 또 다른 누군가는 추억을 남기고 있었고, 누군가 생의 마침표를 찍은 곳에서 또 다른 누군가는 아무 일도 없었다는 듯 가벼운 걸음을 옮기고 있었지. 쓸쓸한 마음으로 동 루이스 다리를 바라보고 있는데, 뒤에서 영어를 쓰는 나라의 사람들이 아무렇지 않은 말투로 이렇게 얘기하는 게 들려왔어. "어제 저 다리에서 누군가 자살했다며?"

아마, 포르투에서의 일은 평생 트라우마로 남겠지. 때로는 의지와 상관없이 불쑥, J를 생각할 때마다, 인터넷에서 포르투갈에 관련된 정보를 볼 때마다 내 머릿속엔 공중에 사람이 붕 떠 있던 장면과, 떨어질 때 그가 지르던 소리와, 퍽, 하고 바닥과 충돌한 소리들이 재생되겠지. 내가 본 장면은 그가 아직 공중에 떠 있는 상태였으므로 내 기억 속에서 그는 영원히 살아 있는 거야. 공포로 꽉 찬 비명을 내지르면서.

이제 처음의 질문으로 돌아가 볼까.

하늘에서 떨어지는 것은?

빗방울.

꽃잎.

낙엽.

눈송이.

그리고, 사람.

하늘에서 떨어지는 것 중에 사람도 있다는 걸 알고 있는 삶, 높은 빌딩 아래를 지날 때마다 사람이 떨어질까 봐어깨가 서늘해지는 삶은 괴롭지, 고통스럽지. 그런데 참이상한 건, 그만큼 살아야겠다는 생각이 든다는 거야. 85미터 높이에서 떨어지는 몇 초 동안 그가 내지른 소리가귓속을 길게 할퀴고 지나갈 때마다 마음이 하얗게 내려앉으며 휘청거리지만, 동시에 삶을 꽉 붙잡게 된다는 거야.이것이 너에게 여행 얘기를 들려준 이유야.

알아. 때로 심장에 감당하기 힘든 무거운 추가 달리고,달리고, 또 달려서 한없이 저 아래로 기울어버린다는 거.그 상태에서 벗어날 방법이라곤 생을 끝내버리는 것뿐이라는 생각이 든다는 거. 그런데 말이야, 마음이 고통스러워서 떠나기로 결심했는데 몸까지 고통을 느껴야 하는 건너무 억울하잖아. 사는 게 고통이었는데 죽는 순간까지 고통스러운 건 너무 슬픈 일이잖아.

여기 좀 더 있다가 정 힘들면 그때 떠나는 것도 늦지 않을 거야. 힘들 때 조금 더 가보는 것도 나쁘지 않을 거고.왜냐면, 떠나는 건 언제든 할 수 있으니까. 내일, 또 내일로 미뤄도 되는 일이니까.

　너에게 이 얘기를 들려줘야겠다 결심하고 어제 오랜만에 카메라를 꺼내봤어. 포르투갈에 다녀온 후로 처음이었지. 그곳에서 찍은 사진을 볼 용기가 나지 않았는데, 다시보니까 알파마 지구의 좁은 골목이라든가 노란 조명으로 물든 히베이라 광장 같은 곳들은 무척이나 그립더라. 내가 본 모든 순간과 모든 장소들이 시간 순서대로 카메라에 담겨 있었고, 버튼을 누를수록 손끝이 자꾸만 떨렸어. 그리고, 조금은 궁금해졌지. 혹시, 하면서 말이야. 마침내 카메라 모니터에 그날의 일몰 사진이 떠올랐고, 주로 해가 지는 히베이라 광장 쪽이 담겨 있었지만 이따금 동 루이스 다리를 찍은 사진도 몇 장 있어서 나는 그 사진들을 하나하나 확대해봤어. 동 루이스 다리가 찍힌 마지막 사진에…… 그래, 그가 있었어. 흰 티셔츠를 입고 서쪽을 바라보며 서 있는 그 남자가. 최대한 확대해도 얼굴은 희미해서 잘 보이지 않았지만, 그가 아주 먼 곳을 바라보고 있다는 걸 알 수 있었지.

　만약에 시간을 되돌릴 수 있다면 난 주저하지 않고 다

리 위층으로 달려갈 거야. 힐 가든은 다리 위층과 곧장 연결되니까 시간은 충분할 거야. 고소공포증 때문에 쉽지는 않겠지만, 바닥 틈새로 아래층이 보이는 그런 높은 다리를 건너는 건 내게 너무 끔찍한 고통이겠지만, 숨을 크게 들이마시고 한 발, 한 발 내디딜 거야. 그리고, 말없이 그의 곁에 서서 그의 손을 잡을 거야. J를 붙잡듯. 나의 생을 붙잡듯. 아주 세게. 절대 놓치지 않게.

---

* 알폰시나와 바다Alfonsina Y El Mar: 아르헨티나의 시인 알폰시나 스토리니는 오랜 암 투병 끝에 휴양지 마르델플라타에서 스스로 바다에 들어가 생을 마감했다. 펠릭스 루나가 쓴 추모시 「알폰시나와 바다」에 아리엘 라미레스가 곡을 붙였고 메르세데스 소사, 한나 마리아 이달고 등 많은 가수가 불렀다.

## 작가 노트

'소설 속 J'는 내가 만들어낸 인물이고 그들의 모임 역시 지어낸 것이지만, 실제로 지난봄에 우리는 '우리의 J'를 슬프게 떠나보냈다. J를 보내고 얼마 후 나는 예정대로 포르투갈로 날아갔고 소설에 나오는 포르투갈에서의 이야기는 모두 내가 그곳에서 겪은 일이다.

소설을 쓴다기보다 말하고 싶었다. 혼자 아파하고 있을 누군가에게. 슬프고 모진 결심을 하고 있을 누군가에게. 설득할 자신도 없고 아무런 대책도 없지만, 어떻게든, 어떻게 해서든 그 손을 꼭 잡고 싶다고.

# 그다음에 잃게 되는 것

임현

2014년 《현대문학》에 단편소설 「그 개와 같은 말」이 추천되어 작품 활동을 시작했다. 소설집
『그 개와 같은 말』과 장편소설 『당신과 다른 나』가 있다. 2017년 문학동네 젊은작가상 대상,
2018년 문학동네 젊은작가상을 수상했다.

# 1

쉽게 다시 오지 못할 곳이어야 했다.

고속열차를 타고 남쪽으로 3시간, 다시 배를 타고 서쪽
으로 2시간가량 떨어진 곳이었는데 그마저도 운행하는 배
편이 하루에 두 번뿐이라 한 번 놓치면 4시간을, 다음 것
을 놓치면 다시 하루를 꼬박 더 기다려야 했다. 내려오는
동안 경조는 중부지방에 집중호우가 쏟아질 거라는 예보
를 들었고, 열어둔 거실의 창문을 걱정했다. 다만 눈앞에
있는 풍경만큼은 몹시 맑고 화창했다. 돌아가기엔 이미 너

무 멀리 와버린 셈이었다. 지난번 태풍 때는 옆 단지의 두 가구나 유리창이 파손되었다. 당시에는 꼼꼼하게 테이프를 붙이고 점검한 덕분에 무탈했다. 뉴스에서는 무엇보다 창틀을 고정시키는 것이 중요하다고 강조했다. 그러나 그것을 도로 떼어내는 일이 만만치 않을 거라는 설명은 누구도 해주지 않았다. 이번에도 그래야 했던 게 아닐까. 당장은 귀찮지만 무언가를 대비하고 챙겨야 했던 게 아닐까. 운주의 손마디를 주무르며 경조는 생각했다.

여러 번 확인했으나 미처 챙기지 못한 것들이 많았다. 운주는 뱃멀미가 심해 자주 갑판 위에서 바람을 맞아야 했는데, 빈속을 게워내는 운주를 볼 때마다 없다는 걸 뻔히 알면서도 경조는 매번 여행용 배낭을 뒤적이며 멀미약을 찾았다. 크기가 다양한 주머니가 여럿이라 아직 확인하지 못한 게 남아 있을지도 몰랐다. 그러나 겨우 찾아낸 것이라고는 아직 버리지 못한 자질구레한 것들뿐이었다. 그중에는 동해와 가까운 도립공원의 입장권도 들어 있었다. 전체적으로 보자면 실망스러운 곳이었는데 무얼 구경할 수 없을 만큼 관광객이 많았고, 터무니없이 비싼 음식점의 가격에 기겁할 정도였다. 기껏 고르고 고른 것마저 대체로

짜거나 싱거웠다. 그날 우리가 먹은 게 뭐였지? 뭘 먹었길래 그렇게 아까웠지? 경조는 묻지 않았다. 그러니까 그때도 우리가 이걸 가지고 갔던가.

낡고 오래된 가방이었다. 생각해보면, 언제부턴가 여행 중에는 늘 그것을 메고 다녔다. 크기나 부피가 적당해서 어딜 가든 먼저 그것을 꺼내고 필요한 물건들을 담았다. 이동을 하거나 사진을 찍을 때도 함께였다. 그러나 운주는 그곳에 대해서라면 아무것도 기억하지 못하는 것 같았다. 돌아보는 얼굴이 창백했다. 대신 경조는 빈손으로 운주의 등을 두드려주었다. 남은 손에는 여전히 입장권이 들려 있었다. 그것을 구기거나 버리지 않고 다시 본래 자리에 넣어두었다. 오래된 것인 만큼 더 오래 보관해도 괜찮을 것 같았다.


근래 들어, 운주의 기억력은 예전에 비해 분명 더 나빠진 듯 보였다. 한번은 무얼 찾는지 집 안의 서랍이란 서랍은 모두 열어둔 채 열심히 뒤적거리고 있었다. 혹시, 도움이 필요한 거냐고 경조가 물었다. 텔레비전에서는 주말 저녁에 방영하는 드라마가 막 시작되고 있었다. 전원을 끄지 않은 채, 자리에서 일어난 경조는 아무렇게나 널브러진 물건 중 일부를 한쪽으로 밀어냈다. 오랫동안 사용하지 않은 그릇이나 접시들, 작고 큰 컵, 용도를 전혀 알 수 없는 작은 기계 부품들도 있었다. 금속으로 만들어 날카롭고 단단한 그것을 자칫 밟기라도 한다면 다칠 수 있었다. 그럼에도 운주는 전혀 개의치 않아 보였다. 오히려 이번에는 신발장을 열어 신발들을 모두 꺼내기 시작했다. 구두와 운동화, 경조의 것과 운주의 것, 한겨울에만 신는 목이 긴 부츠를 바닥에 내려놓는 것을 경조가 도왔다.

"뭘 그렇게 찾는 거야?"

다정하게 물었으나 운주는 별다른 대답을 하지 않았다. 그 무렵에는 종종 그런 것들로부터 적응해야 했다. 한번은 홈쇼핑채널에서 소개되는 여행 상품을 함께 시청하던 중에 반가워하는 경조와 달리 운주는 그곳을 몹시 낯설어했다. 그때도 지금과 거의 비슷한 표정이었다. 저녁 식사로 찌개를 준비하다가 굳이 없는 두부를 사오겠다며 고집을 부린 날도 있었다. 그러나 한참이 지나 돌아온 운주의 손에는 정작 아무것도 들려 있지 않았다. 운주가 현관문에 들어서자마자 경조는 어디까지 간 거냐고, 전화기는

왜 두고 간 거냐고, 그동안 걱정했던 마음을 한꺼번에 쏟
아냈다. 운주는 잠깐 산책을 다녀왔을 뿐이라고 대답했다.
그러고는 이미 다 끓인 찌개의 간을 보며, 다음에는 소금
보다는 간장을 넣는 게 좋을 것 같다고 경조에게 조언했
다. 그러니까 그때마다 경조는 너무 당황하거나 놀라지 않
도록 대비해야 했다. 실제로 그렇게 느꼈더라도 운주는 알
수 없게 어깨와 목뒤를 항시 긴장시키고 있어야 했다.

신발장 앞에서 경조는 또 한 번 온몸에 힘을 주었다. 그
건 어디에 있는 것일까. 암담한 표정을 하고 있는 운주에
게 누구보다 자신의 도움이 필요해 보였다.

"내가 다시 잘 찾아볼게."

당장 그것을 눈앞에 내밀고 불안해하는 운주를 안심시
키고 싶었다. 그러기 위해서 우선, 운주를 안방으로 데려
가 눕힌 다음 베개의 높이를 맞추고 이불을 덮어주어야
했다. 찾으려는 게 무엇이든 우선 쉬고 난 다음에, 다시 찾
아보자고 경조는 제안했다.

"전혀 모르겠어."

실내가 아주 어두워지지 않게 경조는 침실 등을 낮은
조도로 유지해두었다.

"몰라, 모르겠다고."

그러나 운주는 아직 잠들 생각이 없었다. 경조의 손목을
붙잡은 채 말했다.

"내가 찾아야 하는 게 뭐야? 당신은 알아? 내가 뭘 더
찾아야 해?"


정박한 곳에서 멀지 않은 곳에 식당들이 모여 있었다.
건어물이나 말린 약초를 파는 집하장도 있었고, 종류가 무
엇이든 쌓아두고 보관할 만한 창고들도 단층으로 길게 여
럿이었다. 그러니까 이곳에서부터 다시 시내버스를 타야
했고, 그보다 먼저 무언가를 먹거나 마시거나 식욕과는 무
관하게 습관적으로 해야 할 것들이 많았다. 사람을 몹시
지치게 만들 만큼 먼 거리였다. 그런 곳에 있는 수목원이
라고 했다. 주로 동백이나 후박나무처럼 잎이 두껍고 질
긴 난대림 수종들이 대부분이라 겨울에도 짙은 녹빛이 유
지되는 곳. 그곳을 처음 소개해준 사람의 말에 따르면, 그
중 무엇은 잎이나 잔가지를 말려 차로 끓여 마시기 좋다
고 했는데, 건강에 좋다는 것만 기억날 뿐, 정확히 어디에
좋고 무슨 이름이었는지 전혀 생각나지 않았다. 다만 하루

에 두 번 운행하는 배편이 있다는 말은 잊지 않았다. 못해도 이틀은 잡아야 하는 일정이라는 조언도 기억하고 있었다. 그리고 그런 곳이라면, 다녀올 만하다고 경조는 생각했다. 아마 좀처럼 다시 가지 못할 것 같았고, 무엇보다 운주 혼자라면 더더욱 쉽지 않을 일이었다.

2

운주가 무얼 찾고 있는지 알게 된 것은 불과 몇 주 전의 일이었다. 평일 저녁 무렵, 경조가 집에 돌아왔을 때, 현관 앞에 처음 보는 자전거가 놓여 있었다. 거실은 잡동사니들로 어수선했는데, 보는 사람도 없이 볼륨을 줄인 텔레비전이 켜져 있었고 운주는 소파에 누운 채 그대로 잠들어 있었다. 경조는 욕실로 들어가 손을 씻고, 실내복으로 갈아입은 다음, 혹시나 하는 마음에 부엌 뒤쪽으로 연결된 다용도실의 문을 열어보았다. 마찬가지로 어수선하게 정리되지 않은 것들이 가장 먼저 눈에 들어왔다. 주말이나 여유로운 평일 저녁쯤에 마음먹고 정리해두어야겠다고 생각했다. 그런 다음에는 현관 앞에 신발들을 확인하고, 다시 베란다를 살핀 다음, 안방 문을 조심스럽게 열어보았다. 이전과 달라진 것은 거의 없었다. 그럼에도 왠지 그들 부부 이외에 다른 누군가가 이 집 안에 더 있을지 모른다고 경조는 생각했다. 어쩌면 무슨 이유로 잠깐 외출을 한 것일 수도 있었다. 아마 현관 앞을 차지하고 있는 자전거 때문에라도 곧 다시 돌아올 거라고 경조는 생각했다. 모르고 두고 갈 만한 것이 아니었다. 그게 누구냐고, 누가 이런 것들을 두고 간 거냐고, 당장 운주를 깨워 확인할 생각은 전혀 없었다. 아이의 방문까지 마저 열어볼까, 잠깐 망설였으나 그러지 않았다. 다만 소파에 누운 운주를 가만 내려다보다가 텔레비전의 전원을 끄고 경조는 서재로 들어갔다.

책상 위의 물건들을 정리하면서, 그들에게 필요한 것들을 생각했다. 집 앞의 공원을 떠올렸고 그런 곳을 따라 운주와 함께 걷는다면 조금 나아질지도 모른다고 기대했다. 두 사람이 속도를 맞춰 함께 걷는 동안, 앞으로 함께 하고 싶은 것들, 하게 될 것들, 그럼에도 늘 불안한 무언가를 두서없이 이야기할 수도 있었다. 반려견을 데리고 산책하는 누군가를 보며 언젠가 우리도 개를 키우자고 이야기하거나, 노부부가 두 손을 잡고 다정하게 걸어가는 것을 보면서 함께 손을 맞잡고 걸을 수 있었다. 무엇보다 그들이 공원의 사람들을 보는 것처럼 다른 사람들에게도 그들은 아주 평범하고 행복한 부부로 보일 수 있었다. 그리고 그 순간 서재의 문이 열렸다.

"언제 들어왔어?"

아직 잠에서 덜 깬 운주의 목소리는 가라앉아 있었다. 경조는 지금 당장 운주에게 필요한 것을 찾아낸 후, 그것을 실천하고 싶었다. 그게 무엇이든 함께 극복하고 해결해야 한다고 믿었다. 그보다 먼저 현관에 있는 저것이 누구의 것인지부터 알고 싶었다. 그러나 의자에서 몸을 일으켜 다가가려는 순간, 운주는 아주 작은 목소리로 속삭였다.

"조금만 조용히 해줄래? 겨우 잠들었어."


몇 해 전, 운주는 정아를 위해 구청에서 운영하는 유아용 축구 교실을 등록했다. 또래에 비해 체구가 작은 아이가 혹시나 다치지 않을까, 경조는 걱정했으나 정아의 고집을 꺾을 수는 없었다. 한번은 운주 혼자서 아이의 경기를 관람한 적이 있었다. 규모가 매우 작은 인조 잔디 구장에서 각각 일곱 명씩 팀을 이룬 경기였다고 했다. 전체적으로 느리고 지루했으나 웅원석의 부모들만큼은 열정적이었다. 몸 어딘가에 공이 스치기라도 하면, 골이라도 넣은 것처럼 환호했다. 아이는 두 발 모두 목발을 짚은 것처럼 줄곧 허우적대고 있었다. 공이 아니라, 자기 발을 걸어찰 것처럼 위태로워 보였다. 그리고 그 순간 기적이 일어났다.

"여기 봐."

어린 선수 중 누군가 소리쳤다. 순식간에 소리친 곳으로 모든 선수들이 몰려들기 시작했다. 거기에는 이름도 모를 들꽃이 있었고, 이후의 경기는 수습이 불가능할 정도로 엉망이 되어버렸다. 아이들은 더 이상 자신들의 시합 따위에는 관심을 갖지 않았다. 무엇보다 그날 운주는 자신의 아이가 무리에서 가장 작고 왜소하게 보였다. 그게 정아를 더 사랑스러워 보이게 만들었으므로, 당장 경기장 안으로 뛰어 들어가 안아주고 싶은 것을 겨우 참아야 했다.

그럼에도 그 자리에 없었던 경조만은 아이에게 있을지도 모를 사고에 대해 걱정했다. 고작 공을 차는 것이 네 살 된 여자아이에게 얼마나 위험한 일인지 운주를 설득하려 들었다. 그러나 운주의 입장에서 보자면 그날 이후, 반론할 만한 결정적인 사례를 갖게 된 것이다. 위험한 구석이라고는 조금도 없었다. 오히려 사고는 전혀 의외의 곳에서 일어났다. 그들 중 누구도 거기에 대해서라면 아무 염려도 하지 않았었다. 그것은 일상적인 일에 불과했다. 마트에서 식자재를 고르고, 필요한 물품을 카트에 담아 계산하고 구입하는 일. 다음 날은 축구 교실에서 마련한 야유회 날이었다. 그러니까 그날도 운주는 무언가를 잊어버렸다고 했다. 분명 카트 안에 담긴 것은 평소보다 넉넉한 양이었으나 어딘가 자꾸 빠뜨린 기분이었다고도 했는데, 냉동식품 코너에서 야채 코너로 이동한 뒤 간단한 스낵류를 고르는 동안에도 그것이 무엇인지 떠올리지 못했다. 어쩌면 아이의 신발이 너무 작다고 생각했을 수도 있다. 그 나이 때의 아이들은 하루가 다르게 손발이 부쩍부쩍 자라기도 했으니까. 축구화를 벗으면 뒤꿈치에 빨갛게 난 상처를 그 순간 떠올렸을지도 모른다. 유아용 스포츠용품 매장이 어디지? 그런 생각으로 운주는 주변을 두리번거렸을 것이다. 그러고는 얼마 뒤 자신이 진짜 잃어버린 것이 무언지 알게 되었다. 유통기한이 긴 통조림과 캔 맥주를 할인하는 매대 앞에서 운주는 소스라치게 놀라며, 정확하게 자신이 지나왔던 동선 그대로를 따라 뛰기 시작했다. 분명 옆에 있어야 할 아이가 보이지 않았기 때문이었다.

경찰로부터 연락을 받고 서둘러 달려간 경조는 다짜고짜 운주에게 소리쳤다.

"도대체 뭘 하고 있었던 거야?"

경찰서 안의 모두가 그를 쳐다보는데도 운주만큼은 다른 곳을 바라보고 있었다. 아니, 무얼 보긴 했으나 그것이 무엇인지 운주조차도 알 수 없을 만큼 공허해 보였다. 그리고 그때도 아마 경조는 운주에게서 비슷한 말을 들었던 것 같다.

"모르겠어. 내가 뭘 하고 있었던 거지?"

경조는 그때나 지금이나 자신이 할 수 있는 대답이 무엇인지 여전히 알지 못했다.

"뭘 하고 있었지? 내가 뭘 했길래 고작 그런 것과 내 딸을 바꿔버린 거야? 당신은 알겠어? 대체 내가 왜 그런 거야?"


운주가 주의를 주고 나간 뒤 경조는 책상 앞에 앉아 아무것도 하지 않았다. 대신 주먹을 쥔 채 이유 없이 허벅지를 꾹꾹 눌러보기도 하고, 발가락에 잔뜩 힘을 줘보기도 했다. 나중에는 자신도 모르는 혼잣말을 중얼거리기도 했다. 그럼에도 마땅히 해야 할 것들이 떠오르지 않았다. 오히려 할 수 있는 일들은 이미 충분히 한 것 같았다. 다만 그런 종류의 것들이란 언제나 충분하지 않다는 것이 문제였다. 매장 안에 비치된 CCTV를 여러 번 확인하고, 아이의 동선을 따라 여러 번 걸어보는 것만으로는 부족했다. 대부분의 화면은 상품을 중심으로 비추고 있었고, 매장 바깥으로 빠져나가는 아이의 동선까지 따라가지는 못했다.

그들은 매일같이 마트로 나갔다. 아이의 사진을 담은 전단을 만들어 사람들에게 나누어 주었다. 처음에는 아이를 찾는 것이 목적이었지만, 나중에는 목격자라도 찾기를 바랐다. 만약 누군가 데려간 거라면, 그들이 무언가를 요구하거나 협박하기를 기다렸다. 그것으로 아이가 아직 무사할 거라는 기대를 품고 싶었다. 운주는 빈 전화기를 붙잡은 채 자주 경조에게 물었다. 혹시 우리가 너무 서둘러 신고한 게 아닐까? 진짜 나쁜 일이 벌어진 거면 어쩌지? 그때마다 경조는 말없이 운주를 안아주었다. 대답을 원하는 질문이 아니라는 것쯤은 알고 있었다. 그럼에도 운주가 계속

해서 더 많은 말을 하게 될까 봐 겁이 났다. 경조 자신도 이미 생각해왔던 말들을 운주가 먼저 하게 될 일들과, 무심결에 고개를 끄덕이고, 거기에 동의하게 될 일들 모두가 무서웠다. 무엇보다 그것을 시작으로 운주를 미워하게 될 자신이 두려웠다.

큰소리가 오갔던 적도 몇 번 있었다. 전문적인 상담을 통해 수면유도제와 항우울제 처방을 받았으나, 운주가 한사코 복용을 거부했기 때문이다. 자신을 환자 취급하는 것에 운주는 불쾌함을 숨기지 않았다. 대신 경조가 보는 앞에서 하얀 플라스틱 통에 든 알약을 식탁 위에 모두 꺼내 놓은 뒤, 아주 작은 글씨로 적힌 설명서의 문장들을 또박또박 읽기 시작했다. 다음과 같은 경우, 이 약의 복용을 즉각 중지하고 의사, 약사와 상의할 것. 이 약을 복용하는 동안 다음의 약을 복용하지 말 것. 이 약을 복용하는 동안 다음의 행위를 하지 말 것.

"어린이의 손이 닿지 않는 곳에 보관할 것."

그 부분을 읽을 때는 목소리가 조금 달라지는 것 같았다. 그럼에도 여전히 자신을 배려하지 않는 운주의 고집을 경조는 도무지 이해할 수 없었다. 그 순간만큼은 운주가 너무 이기적이라고 생각했고, 결국 참지 못하고 큰소리를 내버렸다.

"어째서 당신만 생각하는 거야. 당신만 힘든 게 아니잖아. 나도 우리 애를 잃어버렸어."

이런 식의 솔직함 역시 이기적이고 상대방에게 상처가 될 거라는 걸 경조는 모르지 않았다. 그러나 운주는 조금도 흔들리지 않았다.

"불안, 무기력 상태의 완화. 가볍고 일시적인 우울 증상의 완화."

이번에는 같은 문장은 두 번 반복해서 읽었다.


정아를 잃어버린 지 두 해가 지나고, 거기에 몇 달을 더해가는 동안 나름대로 익힌 운주만의 방식이 있었을지 모른다고 경조는 생각했다. 어쩌면 자신 모르게 또 다른 안정제를 처방받았을지도 몰랐다. 경조는 책상에 딸린 서랍을 되도록 소리 나지 않게 열어보았다. 그러고는 깊숙한 곳에 손을 넣어, 자기 몫의 작은 약통을 하나 꺼냈다. 마지막으로 쥐었을 때와 비슷했고, 처음보다는 절반쯤 줄어든 무게였다.

경조는 그것의 권장섭취량보다 스무 배 가까운 양을 한 꺼번에 털어 넣은 적이 있었다. 운주는 모르는 일이었다. 그러나 삼키지는 않았다. 입에 머금은 뒤, 곧장 화장실로 달려가 뱉어내 버렸으므로 의식을 잃지 않았고, 맥박이 빠르게 뛰지도 않았으며, 발음이 어눌해지지도 않았다. 의 사와 상담을 받을 때, 경조는 이 사실을 솔직하게 털어놓 았다.

"아니요, 그럴 생각은 전혀 없었습니다. 그 일로 오히려 나를 더 신뢰할 수 있게 된 걸요. 내가 절대 그러지 않을 거라는 게 아주 확실해졌잖아요. 그럴 수 있었지만 나는 그러지 않았어요."

그러나 운주라면 다를 수 있었다. 어느 순간에 참지 못 하고 잘못된 선택을 할 것이 경조는 두려웠다. 자신의 의 심과 불안들에 대해 이야기하자, 의사는 그런 경우를 대 비해 제조 과정에서 처음부터 안전하게 설계되었다는 점 을 강조하며 경조를 안심시켰다. 어쩌면 자신의 환자가 다 시 시도하게 될지도 모를 불안한 상황에 대해, 한 번은 성 공했지만 다음에는 실패할지도 모를 가능성에 대해, 미리 부터 체념시키기 위한 목적일 수도 있었다. 운주라면 처음부터 실패할 수 있었다. 잔뜩 입에 머금었다가 다시는 뱉지 않을 수도 있었다. 그런 생각이 경조를 자꾸 괴롭혔다. 그러나 운주의 불안은 경조의 그것과는 조금 다른 종류의 것이었다. 불안, 무기력 상태의 완화. 가볍고 일시적인 우울 증상의 완화. 화를 내거나 흥분하지 않고 운주는 차분한 목소리로 말했다.

"정말 그렇게 되는 거면 어떡해. 진짜 내가 괜찮아지면 안 되는 거잖아. 우리가 그러면 안 되잖아."

그러고는 빈 통에 다시 알약들을 옮겨 담기 시작했다. 아주 가볍고 조그마한 것조차 운주에게는 지나치게 무거워 보였다.


경조가 거실로 나갔을 때, 운주는 소파에 누운 자세 그대로 소리가 없는 텔레비전 화면을 시청하고 있었다. 그들이 잃어버린 것은 정아 하나였지만, 운주는 그보다 더 많은 것을 잃어버린 사람처럼 굴었다. 정작 무엇을 잃어버렸는지에 대해서라면 전혀 기억해내지 못했다. 대신 잃어버리지 않은 물건들이 이 집 안에 자꾸 늘어나는 것 같다고 경조는 생각했다. 한번은 식탁 위에 놓인 낯선 머그잔을 유심히 살핀 적도 있었다. 언제부터 이곳에 이런 물건이 있었던 건지 전혀 기억나지 않았다. 욕실용 슬리퍼라든가, 무심결에 선반 위에 놓인 필기구를 집어 들었을 때도 마찬가지였다. 하나같이 정아 또래의 아이들을 위한 캐릭터 용품들이었는데 새로 산 것이라기에는 사용감이 있었고, 중고로 구입할 만한 것도 아니었다. 그 나름대로 의심이 가는 부분은 있었다. 어쩌면 그럴지 모르겠다고 짐작은 하고 있었다. 주인이 있는 물건일지도 몰랐고 허락 없이 집어 든 물건일지도 몰랐다. 그럼에도 큰 문제가 생길 만큼 값나가는 것은 아니었으므로 모른 척했을 뿐이었다. 다만 그런 것을 발견하고 매번 참지 못했을 운주가 걱정될 뿐이었다. 그리고 지금 이 순간 경조는 무엇보다 현관 입구에 놓인 자전거가 신경 쓰였다. 더구나 성인 한 사람이 앉기엔 안장의 크기가 지나치게 작은 데다가 작은 보조 바퀴가 달려 있었다. 그들에게 필요한 물건이 아니었다. 경조는 그것을 보자마자 정아를 떠올렸다. 아마 운주도 그랬을 거라고 생각했다.

경조는 식탁 위의 치우지 않은 접시들을 개수대로 옮겼

다. 고무장갑을 끼고, 설거지를 시작하려는데 운주가 뭐라고 말했다. 쏟아지는 물소리 때문에 경조는 운주의 말을 제대로 알아듣지 못했다. 다시 묻자, 운주가 입술 위로 손가락을 가져가며 주의를 주었다. 그러고는 정수기에서 물을 받아 천천히 들이켰다. 아무것도 없는 빈 컵에 뭐가 들어 있기라도 한 듯이 살피기도 했는데, 물컵 주변으로 생긴 마른 물 자국을 손으로 문지르다가 현관 쪽을 가리키며 운주가 말했다.

"옥상에 저게 있더라."

아주 조용하고 차분한 목소리였으나 경조에겐 옥상이라는 단어 때문에 충분히 위협적으로 들렸다.

"거긴 왜 또 올라간 거야?"

일부러 그런 것은 아니지만 불길한 마음에 너무 다그치듯 말한 게 아닌가 경조는 걱정되었다. 동시에 내일 날이 밝는 대로 관리 사무소에 들러야겠다고 다짐했다. 운주의 상태를 이야기하고 당분간만이라도 출입문을 통제해달라고 부탁할 생각이었다. 그러나 세상의 모든 옥상들을 막을 수는 없는 노릇이었다. 대신 경조는 눈앞에 보이는 운주의 등을 꼭 끌어안았다. 지금 당장은 붙잡아 둘 수 있을 만큼 가까운 거리에 운주가 있었다. 그러나 몸을 돌려 경조를 바라보는 운주의 표정은 전혀 달랐다. 분명 경조를 바라보고 있었지만, 아주 아득한 곳을 바라보는 것처럼 흐린 초점이었다.

"왜 남의 물건을 함부로 가져와. 주인이 누군지도 모르잖아."

옥상 위에 두기에는 어딘가 어색한 물건이었다. 아파트 단지 입구마다 설치된 거치대는 충분했다. 보관했다기보다는 그냥 버려진 것처럼 보이는 것도 여럿이었다. 어쩌면 옥상이 아니라 그런 곳에 있는 것 중 하나를 훔쳐 집에 들인 것일 수도 있었다. 그럼에도 여전히 경조에게는 낯선 자전거였다.

"내가 뭘 모른다는 거야? 이건 정아가 타던 거야. 내가 선물했어. 내가 직접 사서 가르쳤다고. 그런데 어떻게 그걸 모를 수 있겠어?"

운주가 말하는 동안 경조는 들키지 않게 숨을 크게 들이마셨다. 근래 들어, 운주의 기억력에 문제가 있었다. 경조는 그 이유가 자신이 운주를 너무 오래 혼자 두었기 때문이라고 자책했다. 곁에서 살피고 돌봐야 했는데 그러지 못했다. 되도록 감정을 드러내지 않은 채 조심스러운 말투로 물었다.

"그럼, 이게 왜 옥상에 있던 거야? 왜 그런 곳에 아무렇게나 방치되어 있던 거지?"

그러나 돌아오는 대답은 지나치게 공격적이었다.

"그거야, 당신이 가장 잘 알겠지. 왜 자꾸 물건들을 숨겨놓는 거야? 정아가 그걸 얼마나 찾았는지 알아? 하루 종일 울었다고."

경조는 운주가 지금 무슨 말을 하고 싶은 건지 전혀 가늠이 되지 않았다. 누가 그걸 찾았다고? 종일 울었다고? 그보다 왜 정아를 이야기하면서 아이의 방을 가리키는 걸까. 경조는 오랫동안 닫아두었던 문 쪽을 바라보았다. 그 안에 아무도 없을 것이 분명한데도, 그 순간만큼은 운주의 말이 맞기를 간절히 바랐다. 둘 중 누군가 잘못된 기억을 가지고 있는 거라면, 그것은 경조 자신이어야 한다고 믿었다. 그럼에도 그렇지 않을 것이다. 경조는 세차게 문을 열었다. 곧장 뒤따라 들어온 운주가 경조의 팔을 붙잡았다.

"방금 잠들었다니까. 그러다 애가 놀라면 어쩌려고 그래."

그러나 문 뒤의 풍경은 예상한 것과 조금도 다를 것이 없었다. 차곡하게 정리된 물건들이 여전히 잘 정리되어 있었다. 아이가 그린 그림들은 한쪽 벽에 빼곡히 붙어 있었고, 서툰 필체의 글씨들이 여기저기 적혀 있었다. 달라진 것은 하나도 없었다. 옷장을 열어보기도 했으나 마찬가지였다. 아이의 물건들은 그대로였으나 정작 그것을 사용하고 투정을 부릴 정아는 어디에도 없었다. 그런데도 운주는 무얼 보고 이러는 걸까. 자신에게는 보이지 않는 아이가 지금 운주에게는 보인다는 것일까. 경조는 운주를 바라보았다. 운주도 경조를 바라보았고 아이의 빈 침대를 함께 바라보았다. 그러고는 오랫동안 아무도 덮지 않은 이불을 들춰 그 안에 마치 그들의 아이가 진짜 누워 있기라도 한 듯이 부드럽게 쓰다듬기 시작했다. 정아의 베개를 마치 정아인 듯 끌어안는 운주를 경조는 도무지 참기 어려웠다. 운주의 품에 안긴 그것을 경조가 조심스럽게 빼내어 들자, 운주가 물었다.

"그런데 우리 정아는 어디 있어?"

그것은 경조가 쉽게 대답할 수 없는 종류의 질문이었다.

"방금까지 얌전히 자고 있던 애가 어딜 간 거야? 대체 당신은 뭘 하고 있었어?"

3

모래를 파면 온통 모래뿐이었다.

"더 깊게 파면 다른 게 있을지도 몰라."

가까운 곳에서 해조류를 건져내며 운주가 소리쳤다. 길고 미끌거리는 그것을 자랑삼아 보여주는 것 같다고 경조는 생각했다. 그 순간 파도가 잔잔하게 운주의 무릎을 지나갔다. 운주의 말을 순진하게 모두 믿었던 것은 아니었으나 그럼에도 왠지 기대하는 것이 생겼다. 어쩌면 진짜 다른 게 있을지도 모르지. 경조는 생각했다. 이를테면 깨진 도기라든가, 어디에 붙었다가 떨어진 금속이라든가. 가능하면 돈이 될 만한 것이면 좋을 텐데, 진짜 오래된 뼛조각 같은 거. 어류 말고, 포유류나 파충류 같은 거. 진짜 진짜 옛날에 살았던 크고 멋진 동물들. 경조는 예전에 보았던 고생물 도감을 떠올려보았다. 그것 중 어느 것을 상상하고 기억해보려고 애썼다. 그러나 제대로 된 것은 하나도 없었다. 몇 가지 익숙한 이름을 떠올리기는 했으나 그게 육식동물인지 초식동물인지도 가물가물했다. 가만……. 그런 걸 언제 읽었더라? 읽긴 읽었었나? 그러고는 다시 모래 파기를 계속했다.

주변엔 온통 모래뿐이었다. 그 외에 별달리 의미를 둘 만한 것도 없을 만큼 크고 넓은 해변. 그러니까 그곳에서 그리 멀지 않은 곳에 수목원이 있을 거라고, 버스 기사는 말해주었다. 그들을 내려주며 걸어서 갈 수 있는 거리라고도 했다. 그러나 제법 멀리 걸었는데도 목적지는 나타나지 않았다. 혹시 우리가 반대로 걸었던 건 아닐까. 그런 걱정을 하면서도 경조는 계속 모래를 팠다.

물론 깊어질수록 달라지는 부분이 생기긴 했었다. 마른 모래였다가 축축하게 습기를 머금었다가 나중에는 더 검고 짙은 색으로 변하기는 했으니까. 그럼에도 모래뿐이지 않나. 경조는 생각했고, 그러면서도 멈추지 않았다. 그것대로 나쁘지 않았기 때문이었다. 몰입할 만한 것이 있으니까. 땅을 파면 땅을 파는 동안만큼은 집중할 수 있었다. 실제로 경조는 운주가 곁에 다가오는 것을 알지 못할 만큼 집중하고 있었다. 더 깊고, 더 넓게. 오로지 모래를 파내는 일에만 열심이었고, 진짜 무언가가 그 속에 파묻혀 있더라도 모를 만큼 반복적이었다. 운주는 경조가 파놓은 모래 구덩이를 가만히 내려다보는 중이었다.

그러고는 말없이 경조를 빤히 쳐다보기만 했다. 그게 어색해서 경조는 구덩이를 계속 바라보았다. 그러나 운주가 실제로 바라본 것은 경조의 뒤편이었다.

"저기."

운주가 멀지 않은 도로 쪽을 가리켰다. 은색 승합차가 속도를 줄이며 다가오고 있었다. 그제야 경조도 그쪽을 돌아보고 차를 향해 달려갔다. 얼마 있지 않아 돌아온 경조에게 운주가 물었다.

"물어봤어? 얼마나 더 가야 한대?"

"몰라. 저 사람도 모른대."

경조는 실망해하는 운주 대신 구덩이 쪽을 바라보았다. 그 속으로 주변의 흙을 조금 밀어 넣었다.

주로 난대림 수종들이 심긴 수목원이라고 했다. 그러니까 그곳을 처음 소개해준 사람의 말에 따르면, 거기 가까운 곳에 분골을 묻을 수 있는 수목장이 있다고도 했다. 경조는 그곳에서 가장 싱싱한 나무 하나를 가리킬 생각이었다. 여기에 우리 아이가 있다고. 운주가 기억하지 못하는 이야기를 들려줄 계획이었다. 그러니까 이제 더 무얼 찾지 않아도 괜찮다고 말해줄 생각이었다.

아이를 잃어버린 뒤, 경조는 모든 것을 잃은 기분이었다. 아마 운주도 다르지 않았을 것이다. 그리고 또다시 운주가 모든 것을 잃어버리게 가만두고 볼 수가 없었다. 무엇보다 경조를 가장 불안하게 만든 것은 그런 운주마저 잃게 되는 일이었다.

"다시 가볼까?"

경조가 남은 구덩이를 메우며 말했다. 가야 할 방향이 어느 쪽인지 여전히 확신할 수는 없었다.

## 작가 노트

도움이 될까 싶어서 소설을 쓰는 동안 앤드류 솔로몬의 『한낮의 우울』을 읽었다. 거기에서 기억 남는 문장을 인용하면 이런 것이다.

"솔직히 인정하기로 하자. 우리는 무엇이 우울증을 유발하는지 모른다."

모르는 것에 대해서 이만큼 방대하게 쓰는 일도 참 대단하다는 생각이었다. 나라고 또 다를 건 없지 않나. 그런 생각도 조금 들었다.

무얼 쓰는 동안 나는 주로 나에 대해서 가장 많이 생각하는데, 대개는 나도 나를 잘 모르겠다는 결론에 이르러버린다. 근래의 내가 주로 무슨 생각을 했는지, 어째서 이런 장면이 떠오르고 써보려고 하는지, 잘 모르는 경우가 많아서 스스로에게조차 설명이 필요할 때가 있다. 드물게는 그걸 소명하는 일 자체가 소설이 되어버릴 때도 있다.

내가 무얼 모르고 있는지 안다는 것은 비교적 운이 좋은 편에 속한다. 대체로 우리는 우리 자신이 무얼 모르는지조차 모르는 경우가 더 많기 때문이다. 덧붙여, 여기에 쓰인 처방제 복용과 관련된 일화는 마크 루카치의 논픽션 『사랑하는 아내가 정신병원에 갔다』의 도움을 받았음을 밝힌다. 무엇보다 경조와 운주를 이해하는 데 도움이 되었다.

# 귀

## 김남숙

2015년 《문학동네》 신인상에 단편소설 「아이젠」이 당선되어 작품 활동을 시작했다.

길거리마다 새로 들어온 고약한 가죽 냄새가 풍겼다. 매주 화요일 새벽, 상점마다 여러 개의 가죽이 줄지어서 배달됐다. 색색깔의 가죽들이 꼭 완전히 미쳐버린 여자의 혓바닥 같은 느낌이 들었다. 죽기 직전에 혓바닥을 길게 뺀, 그런 모습. 나는 배달되는 가죽을 보면서 실실 웃다가 괜히 혓바닥을 길게 늘어트렸다. 배달되는 가죽과 내 혓바닥이 어쩐지 비슷한 것 같아 괜히 기분이 묘했다. 닮았나, 아닌가. 나는 아무래도 잘 알 수가 없었다.

이곳은 정확히 말하자면, 주로 가죽으로 된 신발을 맞추는 상점이 줄지어 있는 거리였다. 가방과 옷도 팔았지만 그것들을 사가는 이들은 거의 없었다. 오로지 가죽으로 된 신발이 주력상품이었다. 매주 화요일 새벽에 배달되는 가죽은 항상 고약한 냄새가 나면서도 아름다웠다. 처음 보는 색과 오묘한 냄새. 그렇기에 나는 매번 화요일 새벽이면 그것들을 보러 미리 나와 있곤 했다. 바닷물처럼 파란 가죽과 소의 엉덩이 색을 닮은 가죽, 전깃줄처럼 시커먼 가죽들이 계속해서 거리 위를 지나갔다. 좋다, 예쁘다. 나는 멀리서 중얼거렸다.

누군가 금방이라도 토해놓은 것 같은 축축한 토사물이 바닥에 흥건했다. 나는 기둥처럼 커다랗게 쌓인 쓰레기봉투 뒤에 숨어 계속해서 상가 쪽을 바라보았다. 조금 지저분하긴 했지만 나는 오히려 이 자리가 마음에 들었다. 나는 누군가가 나를 바라보는 것을 별로 좋아하지 않았다.

누군가의 말을 빌리자면 나는 굉장히 뚱뚱한 거구에 귀머거리였다. 귀가 아기 손바닥 반만큼 작다는 이유에서였는데, 나는 진짜 귀머거리는 아니었다. 단지 귀가 작을 뿐이었지. 심지어 누군가는 이렇게 기형적으로 작은 내 귀를 보고 운이 없다면서 개종을 권유하기도 했었다. 개종을 권유하는 이들은 매번 무례할 정도로 목소리에 힘을 주고 있었고 시끄러웠다. 목소리에 힘을 빼기만 했어도 개종이란 걸 수십 번은 할 수도 있었을 텐데, 나는 생각했다.

매일 밤 누군가에게 알 수 없는 기도를 중얼거리긴 했지만 나는 확실한 무신론자였다. 그리고 오히려 운이 좋은 편이었다. 누군가에게 말한 적은 없지만 나는 누구보다 귀가 밝았다. 벽이 천천히 삭는 소리, 멀리서 돌멩이가 구르는 소리까지 알아차릴 수 있었다. 정작 나에게 운이 없다고 말하는 이들은 멍청하게 어떤 소리의 반밖에 듣지 못한다는 것을 나는 알았다. 진짜 귀머거리들, 쓸데없이 당나귀처럼 귀만 커다란 것들. 나는 그런 이들을 볼 때마다 속으로 중얼거렸다.

나는 조금씩 걸음을 옮겨 아주 천천히 앞으로 다가갔다. 누군가 나를 쳐다볼까 봐 조용히 걷고 싶었지만 무릎이 좋지 않아 걸을 때마다 신발 밑창에서 끌리는 소리가 났다. 나는 왼쪽만 심하게 닳아 있는 신발 밑창을 들여다보았다. 신발이 갈린 모양이 어쩐지 전보다 살이 좀 더 불어난 것 같았다. 이유는 잘 알 수 없지만 나는 음식을 먹지 않아도 자꾸만 몸이 풍선처럼 불어났다. 정말로 금방이라도 곧 배가 터져버릴 것처럼. 어떨 때는 물 반병으로 하루 식사를 때울 때도 있었는데 마찬가지였다. 동네 사람들은 내가 엄청난 속도로 살이 찌는 것이, 내가 미쳐가기 때문이라고 말했다. 진짜로 미친 사람은 무서워서 벌벌 떠는 것들이.

미치면 뚱뚱해진다던데, 너 개네들이 뭐 주워 먹는 거 본 적 있냐. 없지.

그들은 항상 말하곤 했다. 그들은 내가 미쳤다는 얘기를 할 때면 웃는 얼굴이어서, 마치 미친다는 일이 꽤나 즐거운 일이라고 생각하는 것처럼 보였다.

거리 위로 천천히 해가 밝아오는 것이 느껴졌다. 꼼짝 않고 한자리에서 서 있었던 탓에 발이 타는 것처럼 뜨거웠다. 나는 여전히 거리 위를 열심히 오가는 가죽들을 바라보았다. 운반은 2시간이 넘게 걸리는데도 항상 시간이 언제 흘렀는지 모르게 훌쩍 지나 있었다. 나는 아쉽지만 몇 번 더 거리 위의 가죽들을 바라보고는 뒤돌아서 거리 끝을 향해 걸었다. 사람들이 내 주변에 우글우글 모여든다는 것은 상상만으로도 피곤한 일이었다. 언젠가 내가 정말로 미친다면 그들 앞에서 춤을 추거나 그들에게 시시한 인사를 건넬 수도 있을 것이었다.

거리 끝에는 거리의 입구를 메우고 있는 상점들과 어울리지 않는 가게들이 줄지어져 있었다. 거리 끝으로 걸음을 옮길수록 오래된 여관과 감자탕집 그리고 삼겹살집이 다닥다닥 몰려 있는 것이 보였다. 걸을 때마다 몸에서 나는 것인지, 거리에서 나는 것인지 알 수 없는 푸른곰팡이 냄새가 났다. 나는 거리 맨 끝에 있는 어설픈 인테리어 부조물이 붙은 건물 앞에 섰다. 억수장이라는 오래된 이름과 어울리지 않는 건물이었다. 나는 이 여관에서 일했다. 지은 지 오래되었지만 리모델링을 했다는 명목으로 원래의 값에 3만 원을 더 받는 여관이었다. 여관은 내가 처음 일했을 때만 하더라도 동네에서 꽤나 인기가 있던 곳이었다. 싼값에 방이 많았고 이곳을 자주 찾는 손님들에 의해 어쩐지 두 번은 거뜬히 할 수 있다는 미신이 생긴 여관이었다. 물론 지금은 단골들을 빼면 거의 아무도 찾지 않는 곳이었다. 주위에는 벌써 신식의 시멘트 냄새가 마르지도 않은 여관들이 줄지어서 생겨나고 있었다. 나는 아쉬웠다. 그깟 3만 원이 뭐라고. 나는 이곳이 매번 지하철역처럼 붐비었을 때가 좋았다. 이곳을 찾는 이들은 거들먹거리는 말투에 반해 표정은 어딘가 모르게 주눅 들어 있었다. 나는 그들의 하나같이 불행해 보이는 얼굴을 구경하는 것이 좋았다. 그들의 표정을 보고 있으면 어쩐지 아무것도 지루하지가 않았다.

얄팍한 유리로 된 여관 문을 열자마자 새가 지저귀는 역겨운 소리가 났다. 억수장의 유리문이 덜렁거리는 이빨처럼 쉽게 벌어졌다. 여관 주인은 저 소리를 반가운 인사 대신 달아놓았지만, 나는 문을 열 때마다 그 소리 때문에 다시 밖으로 나가고 싶어지기도 했다. 어떻게 매번 이런 소리가 나는 것을 매달아놓을 수 있는지 알 수 없었다. 문을 열자 바로 앞에 맞닿아 있는 작은 카운터에 여관 주인이 보였다. 여관 주인은 얼핏 보면 나보다 더 뚱뚱해 보였다. 여관 주인은 볼 때마다 무언가를 주워 먹고 있었다. 살이 오동통하게 오른 여관 주인의 얼굴이 전보다 더 늙어 보였다.

뭘 먹어요?

나는 카운터에 다가가서 말했다. 카운터의 작은 창구로 달콤한 냄새가 났다.

복숭아. 조금 지났다고 다 물러 터졌는데, 아까워서. 근데 또 어딜 갔다 오는 거냐.

밖에요.

나는 짧게 말했다. 주인의 팔뚝으로 복숭아즙이 줄줄 흘렀다. 여관 주인의 팔뚝 아래로 뚝뚝 흐르는 복숭아즙을 닦아주고 싶었지만 그러지는 않았다.

뭘 볼 것 있다고 나갔다 오니. 그만 좀 싸돌아다녀라. 일도 바쁜데.

여관 주인이 말했다. 여관 주인은 매번 아무 일이 없었는데도 바쁘다는 말을 습관처럼 덧붙였다.

뭐가 바빠요. 손님도 없는데.

나는 웃으면서 말했다.

안 바쁘긴. 302호, 치워.

천천히 먹어요. 안 뺏어 먹어.

귀가 먹었어? 302호, 치워.

여관 주인은 내 말이 들리지 않는지 짧게 말하고는 다시 복숭아에 코를 박았다.

안 뺏어 먹는다니까요. 진짜.

나는 여관 주인에게 다시금 말했다. 여관 주인은 내 말이 들리지 않는지 복숭아를 먹는 데 더 열중했다. 여관 주인은 요즘 정말 돼지라도 될 것처럼 먹기만 했다. 미치면

귀

뚱뚱해진다던데, 너 걔네들이 뭐 주워 먹는 거 본 적 있냐. 없지. 그러나 여관 주인은 쉴 새 없이 무언가를 먹고 있었다. 가엾어라. 나는 여관 주인을 좀 더 바라보고는 3층으로 올라갔다.

내가 주로 하는 일은 손님이 나간 방의 시트를 갈고 머리카락을 치우는 일이었다. 여관이 망하지만 않는다면 그건 변함없이 계속될 일이었다. 아마 내가 이 일을 그만두어도 누군가가 그리고 또 어떤 누군가가 똑같이 시트를 갈고 머리카락을 치우고 키를 건넬 것이었다. 별 이유는 없지만 어쨌거나 계속되는 일들이 세상에는 널리고 널려 있었다. 누군가는 내가 하는 일보다 쉬운 일은 없다고 했지만 나는 이 일이 너무 지루해서 피곤했다. 이 일이 아니더라도 나에게는 모든 일이 다 그런 식이었다. 너무 지루해서 금방 피곤해지는 일. 피곤해서 금방이라도 고꾸라지고 싶은 일. 지루하다는 것이 어쩌면 그렇게 피곤할 수 있는지 잘 알 수 없었다. 나는 가끔씩 나를 이렇게 피곤하게 만드는 것들 때문에 분했다. 도대체 왜. 나는 중얼거렸다. 그렇기에 나는 가끔 청소를 하다 말고 누군가가 누워 있던 침대에 한참 동안 누워 있곤 했다. 어느 방이어도 상관

없었지만 대부분 온기가 남아 있는 방에 누워 있는 것이 좋았다. 이제 나를 만지는 사람은 아무도 없었기에 그것이 내 새로운 취미 같았다. 누군가들이 방금 전까지만 해도 있던 방에 누워 있으면 마치 그들과 사랑이라도 나눈 듯한 기분이 들었다. 좋다. 따듯하다. 나는 혼자 중얼거렸다.

나는 주로 누워서 그들이 흘리고 간 머리카락 혹은 음모를 매만졌다. 그것들은 가끔 아주 기괴한 그림을 그리고 있기에 그다지 지루하지 않았다. 그들의 머리카락 혹은 떨어진 음모를 볼 때면 그들이 무엇을 했는지 대충 짐작할 수 있었다. 이곳에 오는 이들의 거의 대부분은 말도 안 되는 괴팍한 사랑에 취미를 갖고 있는 이들이었다. 황폐하고 난폭한 사랑의 취미들. 나는 그런 것들을 확인할 때마다 그들을 상상하며 실실거렸다. 아주 오래전 이야기지만, 내가 만났던 이들의 대부분도 그쪽에 심도 있는 취미가 있는 이들이었다. 그들은 멍청한 얼굴을 하고서 누군가를 때리고 짓밟지 않으면 잠을 자지 못하는 인간들이었다. 그들은 주로 내가 우는 모습을 사랑했다.

걸을 때마다 비좁고 가파르고 높낮이가 제각각인 계단 때문에 금방 숨이 찼다. 확실히 전보다 살이 훨씬 더 불어

난 기분이었다. 미쳤나, 아닌가. 나는 알 수 없어 난감했다. 계단을 올라갈 때마다 작게나마 이상한 탄성들이 귓가에 들렸다. 그 탄성들은 기분이 좋아 보이기도 했고 어딘가 힘들어 보이기도 했다. 나는 그 소리들 중에서 예지의 소리를 골라내었다. 예지는 지금 유일하게 욕조가 달려 있는, 2층 204호에 있는 것 같았다. 맨날 피곤한 예지. 맨날 힘든 예지. 나는 노란기가 도는 얼굴에 길고 얇은 담배를 쭉 빨아들이는 예지를 다시금 떠올렸다.

예지는 매번 이 여관을 찾는 여자애였다. 예지는 이곳의 오래된 단골이었다. 예지가 정확히 무엇을 하는 애인지는 잘 몰랐다. 대학을 졸업 안 했으니까, 대학생 아니야? 예지는 항상 그렇게 대충 말하곤 했었다. 내가 이곳에서 일할 때부터 이곳에 왔으니까 예지도 이곳을 찾은 지 꽤 오래였지만 예지는 여전히 대학생이었다. 학교에 다시 갈까. 나만 나이가 졸라 많겠지. 예지는 가끔 그런 말을 하기도 했는데 나는 그 말을 믿지는 않았다. 예지는 어떨 때면 건축 회사 경리 일을 맡았다고도 했고, 맥줏집에서, 곱창집에서 오래 서빙을 했다고도 말한 적 있었다.

예지에 대해 잘 알지 못하지만, 어쨌거나 예지를 한마

디로 말하자면 큰 동공을 끔뻑이면서 매번 힘들다는 말을 입에 달고 사는 애였다. 언니, 나 힘들어. 피곤해서 죽을 것 같아. 예지는 항상 그런 말을 하고는 카운터에 기대서 길고 얇은 담배를 쭉 빨아들이곤 했다. 얼굴에 조금 노란 기가 돌긴 했어도 예쁜 편에 속하는 얼굴이었다. 조금 깡마르고 신 레몬 냄새가 나서 그렇지. 나는 항상 피곤하다는 말을 하는 예지에게 아무 말도 하지 않았다. 피곤한 것은 나도 마찬가지였다.

예지는 주로 여관으로 자기의 사이즈보다 한 치수 작은 바지를 입는 인간들을 데리고 오곤 했었다. 그들은 다 다른 사람이었지만 똑같이 형편없어 보였다. 예지가 그런 멍청한 이들을 매번 데려온다고 해서 그들에게 돈을 받고 해주거나 그들과 사랑을 하는 것은 아니었다. 언젠가 예지가 보드카와 맥주를 섞어 마시고 온 날, 나에게 시시한 비밀을 털어놓는 것처럼 말한 적 있었다. 말하자면 예지는 하는 게 좋다고 말했다. 언니, 나는 하는 게 좋아. 그냥. 별생각이 안 들어. 시간도 잘 가고. 좋잖아. 얘기도 하고, 키스도 하고, 진짜 집인 것처럼 같이 자고. 딱 하루만 애틋한 거야. 어차피 오래 만나봤자 죽이고 싶기만 하지.

귀

딱 하루만 애틋한 거, 나는 그런 게 좋더라. 예지가 말했었다. 예지는 그때 어딘가 복잡한 표정으로 조금 웃고 있었는데, 정말 좋은 것인지 아닌지 알 수 없는 표정이었다. 나는 그때까지만 해도 예지가 조금 어른스럽게 느껴졌었다. 그리고 지금은 아니었다. 예지는 요즘 따라 무언가를 완전히 다 까먹은 어린아이 같았다. 예지는 나를 볼 때마다 얼빠진 표정으로 쓸데없는 얘기를 늘어놓았다. 예지의 말은 대부분 행복에 대해 결기 가득한, 예를 들면 성경과 비슷한 말들이었다. 나는 예지가 하는 말들을 이해할 수 없었다. 예지가 행복이라고 말하는 것은 사실 행복과는 거리가 멀었다. 예지가 행복이라고 생각하는 것은 그래봐야 고작 주말에 아무도 구경하러 가지 않는, 생김새는 쇠꼬챙이를 닮은 관광용이랍시고 휑하게 세워놓은 건축물을 보러 가거나 개천에 놀러가 비대하게 사육된 개구리나 눈이 먼 두더지를 봤던 것이 전부였다. 귀여워, 정말 귀여웠다니까. 예지는 그때마다 덧붙여 말했다.

　예지는 최근 들어 항상 똑같은 사람을 여관으로 데리고 왔다. 예지의 말에 따르면 그는 부끄러움이 많은 사람이라고 했다. 예지는 그게 좋은 것처럼 말했다. 나는 잘 이해할 수 없었지만 예지는 그에 관한 이야기를 꺼낼 때마다 얼굴이 붉어지곤 했었다. 나는 얼굴이 붉어진 예지에게 차라리 교회나 절에 가보라며 개종이라도 권하고 싶었지만 그러지는 않았다. 예지는 웃고 있었지만 자신의 말처럼 피곤해서 금방이라도 죽어버릴 것 같은 얼굴을 하고 있었다.

나는 3층에 올라가다 말고 2층에서 걸음을 멈추었다. 그러곤 최대한 소리가 나지 않게 천천히 걸음을 옮겼다. 204호, 나는 예지가 있는 방 앞에서 잠깐 귀를 기울였다. 요란한 소리가 계속되고 있었다. 피곤한 예지, 힘든 예지가 탄성을 질렀다. 나는 거친 숨을 천천히 몰아쉬었다. 예지가 저런 식의 탄성을 지를 때마다 알 수 없이 기분이 조금 우울했다. 나는 한참을 문 앞에서 서성이다가 3층으로 올라갔다. 계단을 올라가자 반쯤 열린 302호가 보였다. 302호는 금방이라도 누군가가 씻고 나온 것처럼 방 안에 습기가 가득했다. 방이 습하다는 것 때문에 누군가가 나타나 내 몸을 핥아주고 있는 듯한 기분이 들었다.


귀는 밝아가지고. 나 거기 있는 것 어떻게 알았어?

예지가 커다란 동공으로 카운터에 앉아 있는 나를 뚫어

져라 보면서 말했다. 예지가 움직일 때마다 어디선가 신
레몬 냄새가 났다. 나는 아무 말도 하지 않았다. 주위에 닦
지 않은 복숭아즙 때문에 바닥이 진득거렸다.

뭘?

나는 모르는 척 말했다.

언니 밖에 있는 거 다 들려. 무슨 멧돼지가 숨 쉬는 것
같다니까. 뭐가 궁금한데 돼지야.

예지가 말했다.

으, 이, 이 살 봐.

예지가 나를 보며 조금 웃었다. 예쁜가, 아닌가. 나는 조
금 부끄러웠다. 예지는 항상 아무렇지 않은 얼굴을 하고서
나를 조금씩 부끄럽게 만들었다.

언니도 하고 싶으면 해. 구경하지 말고. 언니는 여기서
일하니까 아무 때나 갈 수 있잖아. 맨날 심심하게…….

예지가 얇고 긴 담배를 물었다.

아, 진짜 존나 피곤하다.

예지가 실실 웃었다.

언니. 근데……. 나 요즘 존나 피곤해서 뒈지고 싶은데
기분은 좋다. 그냥……, 좋아. 이번 주말에 우연히 개천에

갔는데 불꽃놀이도 봤어. 존나 유치한데 존나 기분 좋더라고. 진짜 행복하더라니까. 그게.

예지가 길고 얇은 담배를 쭉 빨아들이면서 웃었다. 예지의 웃는 모습이 꼭 바보 같았다. 나는 예지의 그런 바보 같은 표정이 너무 바보 같아서 꼭 한 번 주먹으로 쥐어박아 우는 모습을 구경하고 싶었다. 한주먹이면 될 텐데. 그러면 바보 같은 예지가 번뜩 정신을 차릴 텐데. 나는 생각했다. 예지의 얼굴이 마치 진짜 사랑이라도 하는 것처럼 보였다.

언니, 언니는 회오리바람 보러 간 적 있어?

예지가 다시금 말을 이었다.

옆 동네 공원 중앙에 길게 만들어놓은 거. 나는 봤다. 바람 불면 막 소리가 나는데. 존나 웃겨.

예지가 말했다.

아니, 나는 본 적 없어.

나는 짧게 말했다. 사실 공원 멀리서 쇠꼬챙이에 구멍을 뚫어놓은 회오리바람을 본 적 있었지만 거짓말을 했다.

한번 가보지 그래. 진짜 좋던데. 바람 불면 우우우, 소리도 나고……. 거기 사람이라도 들어가 있는 것 같았어. 웃기지? 그 사람은 거기에 분명 누군가 들어가 있을 거라고 말했는데, 나는 그딴 건 잘 안 믿거든. 나는 애가 아니니까.

예지가 말했다. 예지는 그 사람이라고 말하면서 그 사람에 대해 질문해달라는 식으로 커다란 동공을 끔뻑거렸다. 하지만 나는 물어보지 않았다. 나는 여관에서 예지 옆에 쭈뼛쭈뼛 서 있는 그 사람을 두 번 정도 본 적 있었다. 아직 완전한 겨울이 아닌데도 불구하고 장갑이며 목도리까지 온몸을 칭칭 감고 있던 그 바보 같은 모습을. 그는 주말이면 탁구를 치고 저녁으로 장어구이를 먹는 어느 게걸스럽고 평온한 사람들과 비슷한 모습이었다.

그런 건 재미없어. 나는 차라리 교회에 갈래.

예지가 실실 웃다가 갑자기 푸하하 웃음을 터트렸다.

언니, 교회는 무슨 교회야. 어차피 교회는 심심할 때 모여서 남들 흉이나 보고 애들이나 봐주는 탁아소야. 운 좋으면 밥도 얻어먹을 수 있지. 그런데 그런 건 재미없어. 연애하고 싶으면 언니도 여기, 아기 귀 좀 보여주고 해봐. 의외로 이런 것 좋아하는 사람들 많아.

예지가 갑자기 카운터에 손을 뻗어 내 귀를 슬쩍 만졌다. 나는 예지의 차가운 손 때문에 온몸에 소름이 돋았다.

부드러워. 꼭 아기 귀 같아.

예지가 말했다.

언니도 좋은 사람 만나면 좋겠다……. 씹새끼들, 불로 지져버리고 싶은 새끼들 말고, 진짜 좋은 사람. 그럼 좀 덜 피곤할 텐데…….

예지가 무표정한 얼굴로 담배를 피우더니 멍하니 천장을 바라보았다.

언니, 나는 요즘 잘 살 수 있을 것 같아. 존나 피곤한데. 그래도 좀……그래. 나 학교에 다시 갈까……. 아니다, 아니야. 학교는 못 가겠지? 나만 나이가 존나 많을 테니까 말이야.

말하는 예지의 무표정한 얼굴이 누구보다 쓸쓸해 보였다. 나는 예지가 학교에 돌아가지 못한다는 것을 예지의 표정을 보고 어렴풋이 알고 있었다. 예지야, 너는 학교에 다시 못 갈 거야. 차라리 건축 회사 사무실 책상 앞이나 맥줏집, 곱창집으로 가겠지. 나는 생각했다. 누가 보나 그것이 예지에게 좀 더 생산적인 일이었다. 나는 예지에 대해서 잘 알지 못했지만 예지는 누구보다 멍청해지고 있다는 것을 알았다. 개새끼들, 좆밥 같은 새끼들. 지금의 예지는 언젠가 술을 먹고 욕을 해대던 예지와는 다른 모습이었다. 예지는 대단한 사랑의 도사인 양 매번 여관을 찾았지만 대부분 누군가를 애타게 기다리는 사람처럼 굴었다.

예지야, 너는 어른이 되어야 해. 대학생 말고. 진짜 어른. 어른이 되지 못하면 교회나 절이라도……, 가야…….

나는 예지에게 말했다. 예지가 내 말이 들리지 않는지 멍하니 서 있다가 밖으로 나갔다. 멍한 표정의 예지가 꼭 진짜 귀머거리 같았다. 너는 금방이라도 지옥에 떨어질 거야. 쓸쓸하고 추울 거야, 욕조도 없는 여관보다 더 나쁜 곳으로 갈 거야. 매일 가만히 앉아서 지루하게 누군가를 기다릴 거야. 나는 밖으로 나가는 예지를 쳐다보면서 무언가를 예감하기라도 한 것처럼 잠깐 이상한 생각을 했다. 그 생각들은 마치 개종을 권유하는 무례하고 시끄러운 이들의 목소리 같았다. 재수 없어. 예지가 있던 자리에서 담배 냄새와 짙은 샴푸 냄새가 났다.

나는 쇼윈도를 통해 불 꺼진 거리를 바라보았다. 예지가 나갔을 뿐인데 전보다 이곳이 지루하고 조용하게 느껴졌다. 나는 예지가 나에게 그런 기분을 느끼게 하는 것이 싫었다. 어차피 그래봤자 예지는 단골 중 한 명이 아닌가. 나

는 일부러 속으로 그런 말도 했다. 예지가 신경 쓰인다는
것이 꼭 예지가 불쌍하기 때문만은 아니었다. 나는 이 감
정을 잘 알 수 없었다. 너는 진짜 어른이 되어야 해. 진짜
어른. 나는 그저 예지가 나간 자리를 보며 중얼거렸다. 혼
잣말이 늘 때마다 정말로 미쳐가는 것은 아닌가 잠깐 생
각이 들었다. 나는 아까 예지가 보았다던 쇠꼬챙이를 떠올
렸다. 거대한 쇠꼬챙이에서 바람이 질질 새는 소리를 떠올
렸다. 우우우, 우우우. 정말 그렇게 기분 나쁜 소리가 날까.
나는 어쩐지 그 시시한 바람 소리가 조금 궁금해졌다.

  나는 카운터에 가만히 앉아 좀 전에 예지가 만졌던 귀
를 다시금 만지작거렸다. 갓난아기 손바닥 반만 한 귀가
한 손에 들어왔다. 부드러웠다. 부드러워, 꼭 아기 귀 같
아. 나는 그 말을 다시금 떠올렸다. 선명하진 않지만 아주
오래전 누군가 나에게도 그런 이야기를 해준 사람이 있었
다. 그는 흐릿하지만 여전히 내 기억 속에 남아 있었다. 그
는 거리 끝으로 나를 보러 오는 유일한 사람이었다. 부드
러워, 아기 귀 같아. 그는 나에게 그런 말을 자주 해주곤
내 귀를 정성스럽게 핥아주었다. 그는 긴 앞머리를 늘어뜨
리고 주머니가 여러 개 붙어 있는 조끼를 입고 다니는 사

람이었다. 그는 이 여관의 장기 투숙자이자 내 첫사랑이었다. 그에 대한 기억은 거의 없지만 내가 기억하기로 그는 죽을 기회가 여러 번 있었음에도 자신이 죽지 않았다는 것을 분하다는 듯이 이야기하곤 했었다. 종로에서, 반지하에서, 술집에서, 거리에서. 차라리 그때 죽었으면 좋았을 텐데. 그는 술에 잔뜩 취해 자주 말하곤 했었다. 그는 새해에는 담배도 끊고, 술도 끊고, 탄수화물도 줄이겠다는 시시한 말을 하고서는 다시는 이 여관을 찾지 않았다. 이유는 잘 몰랐다. 그렇기에 나는 그가 이곳에 더 이상 오지 않아서 그가 죽었다고 종종 생각했다. 그는 내 머릿속에서 종로에서, 반지하에서, 술집에서, 거리에서 죽어 있었다. 그가 죽었다고 생각하면 내가 더 이상 그를 기다릴 필요가 없으니까, 그게 편했다. 그는 나보다 나이가 훨씬 많은 사람이었다. 그러나 정확히 몇 살인지는 알지 못했다. 아마도 지금 내가 그의 나이쯤 되는 것 같았다. 나는 그의 주머니보다 더 많은 살집을 몸에 달고 있었다. 시간이 지날수록 나는 내가 정말로 몇 살인지 알지 못했다. 실제로 거울을 보면 어떨 때는 막 전문대 졸업을 앞둔 우울한 아이 같았고 어떨 때는 주름이 가득한 육십 대 같았다. 섭새끼. 불로 지져버리고 싶어. 나는 카운터 앞 작은 거울 속 나를 보면서 중얼거렸다.

가죽을 나르는 차들이 오늘은 거리를 찾지 않았다. 비가 내려서 당분간 이곳을 찾지 않을 것 같았다. 비가 오는 날에 가죽은 전보다 더 지독한 냄새가 날 뿐 아름답지 않았다. 나는 조금 짜증이 났다. 앞으로 장마가 계속될 것이라고 했다. 나는 신경질적으로 발을 굴러 여관으로 걸었다. 여관 카운터에는 여전히 여관 주인이 무언가를 먹고 있었다. 그는 방울토마토를 먹고 있다고 말했다. 꼭지도 따지 않고 군데군데가 퍼렇게 설익은 방울토마토였지만 여관 주인은 개의치 않고 그런 것들을 입으로 마구 가져갔다. 여관 주인은 예전을 모두 잊어버리기라도 한 것 같았다. 나는 여관 주인에게 점점 미쳐가는 것이라고 말해주고 싶었지만 그러지는 않았다. 여관 주인은 이미 많이 늙어 있었다. 나는 카운터 옆 여관으로 올라가는 계단에 쪼그려 앉아 있는 예지를 확인했다. 예지는 아직 겨울도 아닌데 팔이 짧고 털이 덩어리진 이상한 모피 코트를 입고 있었다. 오늘따라 예지가 꼭 다른 사람 같았다.

어딜 갔다 와?

예지가 말했다. 예지의 눈 밑이 며칠은 못 잔 사람처럼 까맸다.

밖에.

나는 말했다. 예지가 나를 위아래로 쳐다보았다.

언니도 신발 사고 싶구나. 가죽으로 된 것. 하나 사줄까? 돈이 있긴 있는데…….

예지는 이상한 모피를 입고 있었지만 추운 듯이 몸을 가끔씩 부르르 떨었다.

아니, 그냥 보는 거야. 예쁘니까.

나는 말했다.

언니도 먹어라, 토마토. 내가 가져온 거야. 아주 좋은 거야.

예지가 모피 코트 주머니 속에서 검은 봉지를 하나 더 꺼냈다.

정말 돼지처럼 잘 먹는다.

예지가 여관 주인을 바라보며 말했다.

언니 건 따로 있어.

예지가 꺼낸 검은 봉지 속 방울토마토가 바스락거리는 소리를 냈다. 나는 그것들을 보자, 예지가 그것들을 어느 빌

라 옥상에 심어놓은 스티로폼 화단에서 아무렇게나 따 왔
다는 것을 알 수 있었다. 그것들은 매번 아주 쓴맛이 났다.

선물이야. 받아.

예지가 다시금 봉지를 들이밀었다. 예지는 행복한 듯 얼
굴을 찡그린 채 웃고 있었다. 나는 아무 말도 하지 않은
채 검은 봉지를 받아 들었다.

언니, 오늘 하루만 204호 나 주라.

내가 봉지를 받아 들자 예지가 말했다.

왜?

예지의 동공이 추운 듯 떨리고 있었다.

그냥…… . 물어보지 말고. 만나야 될 사람이 있어서 그
래. 그 사람은 아니야. 무슨 말인지 알지? 비밀이라고. 어
차피……, 진짜 마지막이니까.

예지가 말하다가도 생각에 잠긴 듯 가끔씩 큰 동공을
천장 어딘가에 고정시켰다.

괜찮을 거야. 그렇지? 어차피 마지막이니까. 그냥 마지
막으로 할 얘기가 있어서 그래.

예지가 슬픈 것인지 기쁜 것인지 알 수 없는 표정을 지
었다. 나는 예지가 무슨 말을 하는지 잘 알 수 없었다. 무

엇이 마지막인지, 무엇이 괜찮다는 것인지도 알 수가 없었
다. 예지의 표정이 하나도 괜찮아 보이지 않았다.

뭐가 괜찮다는 건지 잘 모르겠어.

나는 말했다.

모르면 그냥 괜찮을 거라고만 얘기해주면 돼. 말했잖아.
이젠 다신 안 만나. 그런 새끼들은……. 나는 잘 살 거니
까. 진짜로 마지막……. 진짜가 아니면 엄창.

예지가 고개를 떨구고 바닥을 쳐다보았다. 나는 아무 말
없이 가만히 서 있었다. 예지가 열심히 방울토마토를 먹고
있는 여관 주인을 비껴 카운터에서 키를 가져갔다. 예지
가 계단을 오르는 중간중간 이상하게 손을 흔들었다. 예지
는 꼭 마지막 인사라도 하는 것처럼 손을 흔들었지만 나
는 예지가 어쩔 수 없이 다시 이곳을 찾으리라는 것을 어
렴풋이 알고 있었다.

위층에서 간간이 예지의 탄성이 들렸다. 예지가 방에 들
어간 지 한참이 지나자 여관 문을 열고 누군가 들어왔었
다. 그는 짧은 머리에 두꺼운 안경을 쓰고 있는 사람이었
다. 생긴 것이 꼭 비대하게 사육된 개구리를 닮아 울상이
었다. 예지는 오늘따라 몇 번이고 탄성을 질렀다. 매번 힘

든 예지가 오늘따라 조금은 행복해 보였다. 예지에게 말한 적 없지만 예지의 행복은 오히려 이쪽에 가까워 보였다.

가만히 앉아 있어도 시간이 너무 잘 갔다. 나는 시간이 잘 간다는 것이 어쩐지 조금 참담했다. 한순간에 죽어버렸으면 좋았을 텐데. 그러지 못했다는 게 분해. 나는 누군가가 그랬던 것처럼 말했다. 그러곤 누군가 나를 보러 마지막으로 이 여관에 들렀으면 좋겠다는 이상한 생각을 잠깐 했다. 그러나 나는 이것이 정말로 불길한 소원이 깃든 이상한 생각일 뿐, 누구도 나를 보러 오지 않는다는 사실을 한편으로는 잘 알고 있었다. 불길한 기분. 불길한 소원. 불길한 생각……. 나는 갑자기 배가 고파 예지가 두고 간 쓴맛이 나는 푸르뎅뎅한 방울토마토를 집어 먹으려다가 그만두었다.


나는 당신을 좋아합니다.

처음 보는 얼굴의 그가 말했다. 그는 자신을 108호 장기 투숙자라고 소개했다. 그의 체구는 거대한 풍차 같았고 그에게서는 비에 젖은 마분지 냄새가 났다. 그가 카운터로 좀 더 다가왔다. 그가 천천히 다가올 때마다 술 냄새가 훅

끼쳤다.

나는 당신을 좋아합니다. 당신을 오랫동안 지켜봤어요. 새벽 거리에서, 여관방에서도요.

나는 고개를 들고 거대한 풍차 같은 그를 다시금 쳐다 보았다. 그가 기분 나쁘게 거친 숨을 쉬고 있었다.

나는 여기 주인이 아니에요. 주인은 나갔어요.

나는 말했다.

네, 그건 알고 있습니다. 나는 여관 주인이 아니라 당신을 본 것이에요.

그가 말했다. 그는 눈이 먼 두더지처럼 작은 눈을 열심히 끔뻑거리고 있었다. 나는 조금 화가 났다. 그의 지나치게 문어체적인 말투 때문에 금방이라도 토가 나올 것 같았다.

나는 여관 주인이 아니에요. 나는 그렇게 뚱뚱하지 않아요. 나와 헷갈리지 말아 주세요.

나는 일부러 그가 하는 것처럼 말했다.

알고 있습니다. 알고 있어요. 나는 당신을 오랫동안 지켜봤어요. 기분이 나빴겠지요. 그렇지만 나는 단지 조금 서투릅니다. 어떻게 해야 하는지 잘 모릅니다. 나는 108호

에서 장기 투숙을 해요. 보증금을 사기당했거든요. 아, 그
건 중요한 이야기가 아니에요. 어쨌거나 여기서 얼마나 더
장기 투숙을 할지는 모릅니다. 그래서……. 그래서 말인데,
오늘 제 방에 와주실 수 있을까요?

그는 마지막 말을 뱉고 몸을 덜덜덜 떨었다. 금방이라도
경기를 일으킬 것 같은 얼굴이었다. 나는 그런 그의 얼굴
을 본 순간 그가 평생에 걸쳐 나를 저주하고 증오했으면
좋겠다고 생각했다. 그럴 수 있다면 무엇이든 하고 싶은
생각이 잠깐 들었다. 개새끼들. 좆같은 새끼들.

기다릴게요.

그가 다시금 말했다. 그의 목소리가 여전히 심하게 떨리
고 있었다.

그렇다면 기다리세요. 기다린다면 백 년 뒤쯤에 휴지통
을 비우러 들어갈 수도 있겠군요. 그렇지만 장담은 못 합
니다. 백 년 뒤라면 제가 휴지통이 되어 있을지도 모르겠
습니다.

나는 말했다. 그가 얼굴이 붉어진 채로 나를 쳐다보았다.

어째서 나한테 그런 말을 하는 것이죠. 나는 단지 서툴
다고 말했을 텐데…….

그가 말했다.

아니요. 문제는 내가 아니라 당신인 것 같습니다. 발작 증세인가요? 어딘가 아픈 것처럼 보이는데요. 방에서 혹시 같이 본드를 부시겠습니까? 가스를 터트리겠습니까? 보드카와 고량주를 섞어 수면제와 함께 드시겠습니까? 그것도 아니면 소방 탈출구에 목을 매달 수 있겠습니까? 그렇다면 가겠어요.

나는 그에게 말했다. 금방이라도 목구멍 위로 토가 나올 것 같았다.

저는 지금 몹시 용기를……. 부디 그렇게 말하지 말아 주세요.

그가 또박또박 말을 하고는 사라졌다. 그는 금방이라도 쓰러질 듯 몸을 심하게 떨면서 사라졌다. 나는 그가 가고 나서 일부러 한참을 와하하 웃었다. 천장이 무너질 것처럼 와하하 웃을 때마다 복도 끝에서 문을 열고 닫는 소리가 반복적으로 들려왔다. 죽여버리겠어, 나는 웃을 때마다 간간이 그런 소리를 들었다. 죽여버리겠어. 불로 지져버리겠어. 나는 깔깔깔 웃었다.

나 이제 한동안 안 올 거야.

예지가 유리문을 열고 들어오자마자 말했다. 비에 젖은 예지의 머리칼이 막 샤워를 끝마친 사람 같았다.

나 이제 한동안 안 올 거라니까. 진짜로.

예지가 다시금 말했다. 예지가 자기 자리인 양 계단에 쪼그려 앉았다. 나는 예지가 그렇게 쪼그려 앉아 있는 모습이 누구보다 잘 어울려서 짜증이 났다.

나는 이제 작은 빌라에서 살 거야.

무슨 빌라?

나는 말했다.

알면서 뭘 물어.

예지가 계단에 앉아 다리를 배배 꼬았다. 나는 아무래도 주말에 탁구를 치고 장어구이를 먹는 예지의 모습이 잘 떠오르지 않았다. 예지는 평온하지도 게걸스럽지도 못했다.

어떻게?

나는 말했다. 예지가 가만히 있다가 입술을 여러 번 달싹였다.

그냥……. 잘.

예지가 머뭇거리다가 말을 뱉었다.

그런 건 없어.

나는 예지를 보면서 말했다. 예지가 팔이 짧은 싸구려 모피 코트를 여몄다.

뭘 받은 거니?

이건 원래 내 거야. 원래 있던 거야. 뭘 받아? 그런 게 어디 있어.

예지가 나를 쏘아보듯 말했다.

나는 학교도 다시 갈 거야. 나이가 많아도 그런 건 별로 상관없다고 했어. 그럼 무언가 달라질 거야. 사실 성실하다면 뭐든 겁내지 않고 해볼 수 있으니까.

예지가 말했다. 예지의 삐죽 나온 종아리에 닭살이 돋아 있었다. 나는 모피 코트를 입고 있는데도 추워 보이는 예지가 싫었다.

너는 학교에 못 갈 거야. 나이가 너무 많으니까.

나는 말했다. 예지가 붉어진 눈으로 나를 쳐다보았다.

너는 지금 당장 일을 구해야 해. 그런 거라면, 지금보다는 나을 거야. 내 말을……. 내 말을 들어야 해.

말하면서도 목소리가 조금 떨렸다. 떨리는 목소리가 꼭 108호 장기 투숙자의 목소리 같았다.

난 오늘 마지막 인사를 하러 온 거야. 그게 예의니까. 그 런데……언니가 뭔데 나한테 그런 말을 해? 언니 앞가림이나 해. 씨발. 내가 여기서 언니랑 놀아주니까 똑같아 보이나 본데……. 나는 언니랑 달라.

예지가 소리쳤다.

아니, 다른 건 없어. 우린 닮았어. 네가 나보다 젊고 단지 내가 너보다 늙었다는 것이 전부야.

나는 말했다.

웃기지 마. 내가 어째서 언니랑 똑같다는 거야? 난 여기 이제 안 와. 난 여기가 처음부터 싫었어.

거짓말하지 마.

나는 말했다. 예지가 알 수 없이 천천히 흐느끼기 시작했다. 예지가 꼭 비를 쫄딱 맞은 참새처럼 보였다.

거짓말 아니야. 난 진짜 여기가 엿같았어. 씨발, 욕조도 하나밖에 없으면서 3만 원이나 더 받고. 나는 그것도 애초에 이해할 수 없었어. 어째서 3만 원을 더 받는 거지? 여긴 진짜 좆같잖아.

예지가 계속해서 말을 이었다.

이때까지 좋은 척한 거지. 여기가 한 번도 엿같지 않은 적이 없었어. 난 요리도 배우고 청소도 하고 살림을 할 거야. 내년에는 술도 끊고 행복하게……. 그 사람이 그렇게 해준다고 했어. 우리는 약속했어. 어차피 다 정리했으니까.

나는 쏟아내는 예지의 말을 가만히 듣고 있었다. 예지가 하는 말이 꼭 시시한 새해 다짐처럼 느껴졌다. 주말, 탁구, 장어구이, 작은 빌라, 약속, 학교……. 나는 그런 말들을 다시금 떠올렸다. 정말 그럴 수 있을까.

넌 교회에 가야 해.

나는 그런 것들을 머릿속으로 곱씹다가 갑자기 이상한 말을 했다.

교회는 무슨 교회야. 이상한 말 좀 하지 마.

예지가 나를 쏘아보듯 말했다.

너는 차라리 교회에 가야 해.

나는 다시금 말했다. 예지가 나를 여전히 노려보고 있었다.

교회는 돈 없는 애들, 부모 대신 맡아주는 탁아소라고. 나는 거기서 애들 침 냄새만 맡아도 토할 것 같아. 걔네들이 얼마나 더러운 줄 알아? 나는 거기를 잘 알아. 여기보다 거기가 더 지옥 같을 거야. 아니, 아니야. 둘 다 좆같아.

좋은 게 하나도 없어, 씨발…….

예지가 어깨를 떨면서 울었다. 교회가 싫다는 것인지 이곳이 싫다는 것인지 잘 알 수 없는 울음이었다.

그러니까 가야 해. 너는 아직 어리니까.

나는 계속해서 말했다. 말하면서도 알 수 없이 몸이 계속해서 떨렸다. 추운 것은 아니었다.

이상한 말 좀 하지 마. 내가 부러워서 그렇지? 아닌 척하면서 언니도 부럽잖아, 내가. 맨날 외로워서 벌벌벌 떠는 것 다 알아. 맨날 방에 누워서 뭘 하는 건데? 진짜 불결해. 내가 나온 방에 들어가서 한참 안 나오는 것도 나는 이미 알아.

예지가 말했다.

걱정하지 마. 나는 잘 살 거니까. 언니는 어떨 때 보면 진짜 미친 것 같아. 부러우면 부럽다고 해. 교회는 무슨 교회야.

예지의 큰 동공이 번뜩였다.

함부로 말하지 마. 네가 뭘 안다고 그러니. 네가 도대체 뭘 안다고 그러니.

나는 가만히 서서 예지에게 소리를 질렀다. 목구멍으로

뜨거운 기운이 올라왔다. 나는 네가 부럽지 않아. 소리치고 싶었지만 말하지 않았다. 목구멍이 타는 것처럼 뜨거웠다. 미친년. 진짜 미친 건 너야. 멍청한 예지. 피곤한 예지. 멍청해서 피곤해서 완전히 돌아버린 예지. 예지가 곧바로 나를 비껴 밖으로 나갔다. 나는 예지가 가고 난 뒤에도 가만히 카운터에 서 있었다. 여관 주인이 없는데도 어디선가 설익은 토마토를 서걱서걱 씹는 소리가 들리는 것 같아 머리가 깨질 것 같았다.

예지는 진짜 자기의 말처럼 여관을 다시 찾아오지 않았다. 무언가를 보여줄 심산인 것 같았지만 별 상관은 없었다. 나는 이제 예지가 싫었다. 어차피 예지는 단골 중 한 명이 아닌가. 정말 그렇지 않은가. 나는 여러 번 곱씹었다.

여관이 망하지 않아서 내가 하는 일은 변함이 없었다. 나는 누군가들의 머리카락이나 음모를 매만지다가 가끔씩 화가 났다. 개같은 년. 씨발년. 나는 머리카락이나 음모를 매만질 때마다 욕을 했다. 누군가들의 취미가 삼류 드라마의 마지막 장면처럼 느껴졌다. 사랑해요. 나는 널 사랑하지 않아. 왜 날 사랑하지 않나요? 너는 내 이복동생이니까. 오, 이럴 수가. 그렇지만 걱정하지 마. 널 사랑하지 않지만 너와는 밤새도록 할 수도 있어. 나는 조용히 울었다.

　나는 침대에 누워 있다가 자주 거리로 나왔다. 비가 와서 상점의 절반 이상이 닫혀 있었다. 상점에 들르는 이들은 비가 오자 이쪽을 당분간 찾지 않을 것 같았다. 습도가 높아질수록 참을 수 없이 지독한 냄새가 났다. 나는 상점 옆 공원으로 걸었다. 상점 옆 공원에서 누군가들이 여전히 성경 구절이 담긴 책자를 나누어 주고 있었다. 그들은 비가 오는데도 우산은커녕 우비를 입고 있지도 않았다. 나는 그들 옆에서 콧물와 눈물이 구정물처럼 뒤범벅된 아이들을 보았다. 아이들은 하나같이 밝은색의 낡은 옷을 입고 있었고 비를 맞으면서도 흙장난을 하고 있었다. 아이들은 하나같이 지저분했다. 내가 공원으로 걸음을 옮기자 책자를 들고 그들이 나에게 웃어 보였다. 그들은 비에 젖은 책자를 건네주면서 내 뺨을 어루만지려는 듯이 손을 뻗은 채 다가왔다. 그들이 내 귀를 보는 것인지 얼굴을 보는 것인지 잘 알 수 없었다. 그들은 그저 계속 웃는 얼굴이어서 누구보다 피곤해 보였다.

　운이 없으셨군요.

　그들은 천천히 다가와 나를 아주 오래전에 알았다는 듯

이 내 손을 잡으면서 말했다.

운이 없으셨군요.

그들이 같은 말을 반복하며 내 손을 가만히 잡았다. 나는 아무 말도 하지 않았다. 그들은 금방 뜨거운 눈물이라도 흘릴 작정이라도 한 사람들 같았다.

여기 봐, 새로운 엄마가 오셨어. 너희들을 앞으로 맡아주실 거야.

그들이 나오지 않는 눈물을 글썽이며 아이들에게 연이어서 말했다. 그들이 나를 바라보자 지저분한 아이들이 나를 일제히 쳐다보았다. 나는 무서웠다. 아이들이 움직일 때마다 진동하는 지독한 침 냄새가, 투명하고 무구한 눈동자가 무서웠다.

고요라는 것이 나를 꼭 죽이러 올 것 같았다. 하지만 아무리 기다려도 아무 일도 일어나지 않았다. 나는 거리에 전보다 더 자주 나갔다. 여관이 망한 것은 아니었다. 차라리 망했으면 좋았을 텐데. 그러면 내가 조금은 덜 지루했을 텐데. 하지만 여관은 몇몇의 단골과 보증금이 없는 장기 투숙자들 때문에 어느 정도 유지가 되었다. 단지 여관 주인이 여관을 비워놓을 때가 많았다. 여관 주인은 대부분 카운터에서 무언가를 집어 먹다가 한순간 사라져 있곤 했다. 여관 주인이 있던 자리에는 항상 지저분한 음식물이 남아 있었다. 컹, 컹. 나는 여관 주인이 가끔씩 습관적으로 내는 그 소리를 들었다. 나는 여관 주인이 점점 미쳐 가는 게 오히려 다행이라고 생각했다. 미치면 즐거울 테니까. 더는 음식을 주워 먹지 않아도 될 테니까. 나는 어쩐지 그편이 나을 것 같았다.

나는 여관 주인이 자리를 비울 때마다 교회에 갔다. 똑같이 좆같았지만 그것이 여관에 있는 것보다 나을 것 같았다. 나는 가끔가다 나를 노려보는 듯한 이상한 시선을 느꼈다. 죽여버리겠어. 불로 지져버리겠어. 나는 그 소리가 어딘가에서 들릴 때마다 웃었다.

교회에서 하는 일은 간단했다. 아이들에게 덩어리진 밥과 쉬기 직전의 반찬들을 차례대로 나눠 주는 일이었다. 아이들은 영양가 없는 밥을 먹고도 몸을 잘 키웠다. 금방이라도 돼지가 될 것처럼 살이 찐 아이도 있었다.

잘 먹는구나.

나는 아이들을 보면서 그때마다 말했다.

나는 거리로 나와 가죽들을 바라보면서 일부러 혓바닥

을 쭉 빼었다. 장마가 지나가고 거리는 언제 그랬냐는 듯 분주해졌다. 길을 걷던 누군가가 나를 보더니 속이 안 좋은지 가로수를 붙잡았다. 시간이 얼마나 지났는지 모르지만 나는 전보다 훨씬 거대해졌고 온몸에서 썩은 치즈 냄새가 났다. 여관 주인은 천천히 발을 끊더니, 이제는 더 이상 여관에 나오지 않았다. 정말로 무언가를 먹다가 배가 터져 죽어버린 것만 같았다. 여관에서, 거리에서 나는 오로지 혼자였다. 나는 항상 무언가를 이해하는 척했지만 단 한 순간도 어떤 것을 제대로 이해한 적이 없었다. 내가 사랑했던 사람도 여관 주인도 예지도 마찬가지였다. 그렇기에 나는 모두가 다 죽어버렸으면 좋겠다고 생각했다. 내가 더는 이런 생각을 하지 않아도 될 테니까. 나는 흐느꼈다.

나는 여관에 들어와 누군가 들어간 옆방에서 바지를 벗었다. 나를 만지는 사람은 나뿐이었다. 나는 그 방식을 천천히 이해했다. 누군가 탄성을 내지를 때마다 나도 같이 기분이 좋았지만 눈에서 자꾸 알 수 없는 축축한 눈물이 새어 나왔다.

나는 시간이 지날수록 여관 주인의 자리를 대신이라도 하는 것처럼 카운터에 앉아서 무언가를 주워 먹기 시작했다. 상한 음식이나 설익은 과일이라도 상관없었다. 나는 음식에 코를 박는 순간 조금 행복했다. 나는 음식에 코를 박을 때마다 아주 가끔씩 예지가 떠올랐다. 물론 거리에서 예지와 닮은 이를 본 적도 있었다. 그 여자는 어딘가 색조가 빠진 무채색 옷을 감고 있었고 가느다란 팔다리와 다르게 배가 비대하게 나와 있는 여자였다. 철 지난 감자, 옥수수 같은 것들이 가득한 장바구니를 들고 있었고, 머리끝에서 지푸라기 냄새가 났다. 그 여자는 무언가를 더는 예감하지 못하는 사람처럼 멍하게 입을 벌리고 거리를 걷고 있었다. 나는 그 여자를 한동안 계속해서 바라보았다. 그러곤 예지가 다시 온다고 한들 나를 알아볼 일은 없을 테지만, 예지가 조금 보고 싶었다. 나는 예지가 부러웠다. 우우우 바람 소리가 나는 쇠꼬챙이에 대해 말하며 웃는 예지가, 빌라와 따듯한 요리에 대해 대단히 얼빠진 표정으로 말하는 예지가 부러웠다.

살아 있다는 게 분해. 불로 지져버려야 해. 거대한 불쏘시개처럼. 재가 될 때까지. 재도 남지 않을 때까지.

나는 가끔 몰래 기도했다.

거울 속 나는 얼핏 늙은 여관 주인을 꼭 닮아 있었다.

나는 전보다 오래되고 가끔 비에 젖은 고양이 냄새가 들끓는 여관을 청소하기 시작했다. 그건 내가 아직 살아 있어서, 여관이 망하지 않아서 어쩔 수 없는 일 같았다. 나는 그전에 있던 일들을 모두 잊어버리기로 했다. 사실 잊어버리기로 한 것보다 기억이 잘 나지 않았다.

나는 절뚝거리면서 여관 계단을 올랐다. 계단을 오를 때마다 어딘가 익숙한 목소리가 들려왔다. 그 목소리는 어딘가 피곤하면서도 힘들어 보였다. 나는 귀를 세우고 그쪽으로 천천히 걸었다. 욕조가 없는 3층 가장 맨 끝 방에서 나는 소리였다. 나는 맨 끝 방으로 천천히 걸음을 옮겼다. 누군가 한참을 운 것처럼 바짝 마른 성대로 탄성을 내지르고 있었다. 나는 익숙한 그 소리를 오랫동안 듣고 있었다. 문 앞에서 숨을 크게 내쉴 때마다 돼지가 우는 것처럼 컹, 컹 하는 소리가 들렸다.

## 작가 노트

  가끔 터무니없이 모든 게 끝이라는 생각이 들었을 때, 마트에 가서 장을 봤다. 장을 보고 최대한 정갈한 마음으로 정갈한 시간을 기대했는데, 그런 기대와 달리 테이블 위의 나는 언제나 게걸스러웠다. 가부좌를 틀고 앉아서 손으로 음식을 쥐고 있거나 재미없는 텔레비전 프로그램을 보면서 나도 모르게 와하하 웃고 있었다. 나는 내가 누구보다 징그러웠다. 자주 끝이라는 생각을 하면서도 자주 와하하 웃었으니까. 털이 수북한 벌레를 징그럽다고 말하면서 그 벌레를 꼭 손가락으로 누르고 매만져야 직성이 풀리던 어린 시절 언니처럼. 나는 여전히 테이블 위의 예절이란 몰랐고 내 식대로 끝을 바라보는 사람이었다. 자, 보라. 내가 얼마나 우악스러운지. 나는 가끔 그런 말을 하며 나의 이상한 모습을 전시해야 직성이 풀리는 사람이었다.

어떨 때, 내가 쓰는 소설이 나의 일기보다 더 솔직할 때가 많다. 한 번도 소설 속의 누군가들에게 달가운 시선을 둔 적 없지만 나는 그들을 오랫동안 기억할 것 같다.

# 당신을 가늠하는 일

## 남궁지혜

2017년 경향신문 신춘문예에 단편소설 「신다」가 당선되어 작품 활동을 시작했다.

그리하여 미듬은 새 수영모를 샀다. 마트 지하상가에서
파는 5천 원 안팎 가격대의 수영모였지만 오랜만에 마음
에 드는 색을 발견한지라 만족스러웠다. 그래도 이번에는
오래갈 줄 알았다. 수사사(수영을 사랑하는 사람들) 카페
에서 대란이 일어날 만큼 가성비로 유명했던 수영모였기
에 3년은 더 거뜬할 줄 알았지만 역시 구멍이 나고 말았
다. 다른 사람들은 수영모 하나를 몇 년이고 잘만 쓰던데.
미듬은 한 번 횡단을 마칠 때마다 꼭 오래 써서 닳은 것
처럼 구멍이 나 있기 일쑤였다. 그러다 보니 될 수 있으면
저렴한 수영모를 사게 되었고 그 탓인지 처음에 썼던 수

영모만큼은 못한 재질이 많았다. 센터에서 같이 수영을 배우는 아줌마들은 그런 미듬에게 그러지 말고 이번에야말로 좋은 브랜드 제품 좀 써보는 게 어떻겠냐고 넌지시 물었다. 하지만 미듬은 퀴퀴한 지하상가를 벗어나지 못하고 돌아다니다 형광색 수영모를 보고 마음을 굳혔다. 이유는 단순했다. 고왔다. 그 어떤 것보다 더. 미듬은 자전거 페달을 밟았다. 힘차게 뻗대는 무릎 아래에는 수영모가 담긴 봉지가 스치듯 닿았다.

다시 횡단해야지. 또 횡단해야지. 깊고 차가운 아득함, 그 자체의 수질이어도 항상 횡단해야지. 폐부 가득히 물이 들어차더라도 그 얼마나 멋진 일이던가. 미듬은 생각했다. 횡단할 때 곧게 펼쳐내던 팔과 그 아래로 흘러내리는 물결과 그의 수경 위로 맺히던 물방울과 같던 자신의 얼굴. 잘 지내길 바랐다. 언젠가 그가 소원대로 바다를 횡단하더라도 우린 이어져 있는 수면을 따라 또다시 서로의 수경에 맺혀질 것이다.

횡단했던 감각을 떠올리며 눈을 지그시 감았다가 떴다. 미듬이 보는 거리는 온통 그와 같은 사람들뿐이었다.

*

미듬이 센터에서 운영하는 수영장을 다닌 지는 올해로 5년째였다. 처음에는 단순히 물밖에 떠오르지 않았다. 어딘가에 시간을 붓고 싶다는 생각이 절실하기도 했다. 지금이야 다소 예민했던 시기려니 가볍게 회상할 수 있지만, 그때는 정말이지…… 모든 것이 원통했다. 멀쩡히 쓰고 다녔던 모자의 챙에 구멍이 생긴 줄도 모르고 대충 눌러쓰고 편의점에 갔던 그날, 미듬은 뒤늦게 햇빛이 새끼손톱만한 구멍으로 새어 들어와 자신의 얼굴을 종일 우습게 만들었다는 사실을 깨닫곤 목 놓아 울어버렸다. 어떻게 나한테 그럴 수 있어. 편의점에서 가득 사온 감자칩도 거실에 내팽개친 채 우는 미듬에게 빨래를 개던 엄마가 심드렁하게 말했다. 모자는 그럴 수 있지.

미듬은 이후로도 모자에 대한 상실을 저버릴 수가 없었다. 그날 왼쪽 뺨 위로 내리쬐었던 작은 구멍이 싱크홀처럼 커진 것만 같은 기분도 한몫했다. 함몰되어버린 눈과 코가 내장 어딘가에 달라붙어 있는 것만 같았다. 입은 어쨌거나 건재했다. 계속해서 말하고 다녔으니까. 나란 사람이 얼마나 괜찮은 사람이고 괜찮아야 하는 사람이고 괜찮을 사람인지 지인들에게 증명하느라 지난 한 해 동안 미듬은 아주 바빴다. 요긴한 입과 달리 함몰된 눈과 코는 제 기능을 잊은 채 보는 것과 맡는 것에 아주 나태하게 굴었고 미듬은 자신이 죽은 것과 다를 바가 없지 않나, 싶은 착각도 종종 들었다. 그 시체와 같은 삶을 완결시키기 위해서는 모든 것을 차단시킬 수 있는 수면 아래가 제일 적절하다 여겼다. 수면에 들어간다, 라는 어감이 그의 마음에 퍽 와닿기도 했고.

그러나 수면 아래에 익숙해질수록 모든 상황은 예상과 다르게 엇나갔다. 눈과 코는 메마를 날이 없었다. 소독내는 코를 찔렀고 물방울은 눈꺼풀 안으로 기어코 비집고 들어가 미듬을 몸서리치도록 만들었다. 모자 하나로 무너질 것처럼 상실을 경험했던 미듬은 그렇게 수영 하나로 생동감을 경험했다. 끝내는 온몸 구멍마다 습기 가득한 자신의 추악함을 씻겨낼 수 있는 것은 어쩌면 수영일 것이라고, 오로지 수영일 것이라 막연히 생각한 미듬은 그날로 강습을 신청했다. 횡단하는 것에 재미를 붙인 것은 강습에 다닌 지 얼마 안 됐을 때 만났던 사람의 권유였다. 아마추어라서 그런 대회가 무섭다는 식으로 에둘러 거절했지만, 그는 미듬을 끈질기게 설득했다. 고작해야 1킬로미터고 아마추어도 참여가 가능한 수준이니 너무 걱정할 것은 없다며 수경 속 물을 빼내며 영 시큰둥하게 구는 미듬을 달랬다. 바다라면 모를까, 한강이라니. 성공과 실패를 떠나서 미듬에게 한강 물은 썩 좋은 이미지가 아니었다. 먹구름처럼 흐리멍덩한 물빛도 그러했고 뉴스만 켰다 하면 나오는 투신 이미지들이 한강의 수질을 감히 상상하기도 버겁게 하였다. 이를테면 그런 감각들은 살결이나 다름없지 않을까. 물결 아닌 살결을 부대끼며 서로 떠밀려 가는 듯한 느낌. 네가 날 밀고, 내가 널 밀고. 더 아래로 우리는 흩어져야 한다고 누군가 비명 지르듯 거대한 주파수가 파도가 되는 순간. 언젠가 한강을 내려다보며 깊이를 가늠했던, 이 서늘하고 아득한 강 아래로 발을 내딛는다면 헤어날 수나 있을지 막연히 상상했던 그날의 내가 무자비하게 들러붙지 않을까. 간신히 털어버렸던 지난날들의 구멍 뚫린 기분을 어렴풋이 떠올린 미듬이 인상을 썼다. 아, 전 그런 거 안 해요. 관심 없어요. 말을 뱉으면서도 고작 수영일 텐데, 그래봤자 수영일 텐데 무엇을 하지 않는다고 말하는 거냐며 스스로 물었다. 물을 빼낸 수경을 머리 위로 씌우며 의미 없이 발을 첨벙거렸다. 소독된 물결을 어루만졌다. 하지만 무심한 미듬보다 끈질긴 것은 그였다. 이후로도 계속되는 설득에 결국 시늉으로나마 신청서를 냈다. 기록에 연연하지 않는 완영이 목표인 수영 대회라 그런지 센터에 다니는 대부분의 사람이 이미 신청을 마친 상태였다. 동호회 수준까진 아니지만 그래도 자주 수영장을 다니는 사람들끼리는 안면을 서로 튼지라 대회 날 끝나고 회식까지 가자는 말이 나왔다. 미듬의 성격상 그런 자리가 아주 불편한 것은 아니었으나 한강에서 몸을 축일 때로 축인 상태에서 그런 모임에 나간다는 것이 영 달갑지는 않았다. 평소 수영 자세를 봐주던 김 코치는 미듬을 포함한 저녁반 수강생들이 대부분 횡단 수영 대회에 나간다는 것을 안 뒤 더 열의에 차게 되었다. 배영과 평영을 번갈아가면서 하는 게 제일 이상적이라며 몸소 레인을 왕복하는 시범도 보였다. 저녁반 수강생 대부분은 가족들의 저녁을 차리고 나온 주부들이나 근처 17평짜리 오피스텔에 사는 삼사십 대 남성들이었다. 그래서 그런지 연령대가 다른 반보다 높았는데, 그들은 평소에도 김 코치에게 일방적으로 구는 경우가 잦았다. 반말은 기본이고 강습 도중 포기를 선언하며 레인을 이탈해서 물장구만 치고 있거나, 그것도 아니면 음식물 반입 금지라는 조항을 어기고 탈의실 입구 근처에 앉아 포도를 빨아 먹었다. 미듬은 그들이 그러거나 말거나 늘 성실하게 수영에 임했지만, 거슬리는 것은 어쩔 수 없었다. 오히려 어물거리는 김 코치의 태도 때문에 다리를 길게 뻗어 수면 위아래로 유영하는 동안에도 등신 같은 놈이라고 대여섯 번은 중얼거렸다. 하지만 대회를 앞두고 저녁반의 분위기가 완전히 바뀐 것이다. 수강생들은 제멋대로 굴었던 저마다의 따분함을 언제 그랬냐는 듯이 씻어버리고 김 코치가 하는 모든 몸짓을 열심히 따라 했다. 적극적으로 변한 수강 분위기에 미듬도 덩달아 발장구를 더 힘차게 내디뎠다. 찰박이는 소리와 코치의 호루라기 소리, 코를 알싸하게 후벼 파는 소독내와 먹먹해지는 귀. 그 어느 때보다 살아 있음을 증명하듯 레인의 끝을 향해 질주하는 미듬의 숨찬 평영까지. 수경을 벗자마자 얼굴을 물에 몇 번이고 적셔 쓸어내리는 미듬은 거세게 뛰는 가슴을 부여잡고 횡단에 대한 긍정적인 마음이 일기 시작한 저의 변화를 기꺼이 받아들였다. 미듬에게 처음 이

대회를 권유했던 그도 옆 레인에서 거친 숨을 따라 내쉬
었다. 둔덕을 넘어 파도처럼 물이 넘실대는 하얀 플라스틱
하수구에 뺨을 댄 그가 물었다.

"할 만해요?"

미듬은 그날처럼 수경에 물을 한 번 담갔다가 빼곤 말
했다.

"그런 것 같아요."

대회는 금방 다가왔다. 김 코치는 당일 출전 조가 정해
지고 순서를 기다리는 동안에도 자리에 앉지도 않고 뜨거
운 햇볕을 맞아가며 앞서 출전하는 경기 모습을 지켜봤다.
간식거리나 과일을 두루두루 싸 온 아줌마들은 김 코치에
게 그러지 말고 이리 와서 이것 좀 먹어보는 게 어떻겠냐
고 몇 번이고 종용했지만, 그는 부동의 자세로 물이 찰박
이는 둑 아래까지 내려갔다. 미듬은 손차양을 만들어 형형
색색의 수영모들이 떼를 지어 건너편으로 몰려가는 것을

흥미롭게 관찰했다. 아무리 출전하기로 했다지만 저 거무죽죽한 한강의 색은 영 적응하기가 힘들었다. 수온이 생각보다 그리 차갑지 않은 탓인지 사람들은 앓는 소리 하나 없이 성큼성큼 강으로 들어가기도 했다. 미듬은 그렇게 출전하는 조들이 늘어날수록 이곳에서 내심 긴장한 것은 저 하나뿐인 것만 같아 의연한 티를 위해 무던하게 노력했다. 하지만 소용없었다. 둥둥 떠 있는 듯한 출전자들의 무수한 얼굴들은 머리가 아닌 대가리로 보였다. 꼭 어디론가 가야만 하는 물고기 떼처럼 서로 비늘 색 하나 같지도 않으면서 오로지 하나의 목표점을 향해 엉겨 붙는 모습이 미듬의 마음을 더 복잡하게 뒤흔들었다. 이윽고 미듬의 조가 출전할 시간이 되었고 저녁반 수강생들은 스트레칭을 하며 수영모를 머리 위에 눌러썼다. 김 코치는 끝까지 격려와 조언을 아끼지 않았다. 그는 수영 도중 다리가 저리거나 숨이 차면 움직이지 말고 멈춰 있거나 라인 가장자리로 빠져야 한다고 당부했다. 무리하지 않는 게 제일 중요하며 서두르지 말고 일정한 페이스대로 나아가라고, 초반에 서두르다가 체력이 급격하게 빠져서 완영하지 못하는 경우도 더러 있으니 주변이 어떻게 되든 본인의 페이스대로만 가야 한다고 말했다. 평소 연습 때는 무엇 하나 강하게 주장하지도 못하고 어딘가 느슨한 모습으로 강의를 진행한 그였지만 이번 대회 기간에는 그런 예전과 달리 강단 있고 내내 생기 있어 보였다. 그런 그를 유일하게 알아차리고 목격했던 미듬은 그의 조언하는 얼굴을 오래도록 바라봤다. 생애 마지막 초상을 묵도하듯 그렇게.

호루라기 소리가 들렸다. 강에 들어가 얼굴만 내놓은 채로 서로 팔과 다리를 힘껏 풀어대던 사람들이 너나없이 건너편 뚝섬 지구로 나아갔다. 미듬도 팔을 앞으로 뻗었다. 생각보다 그렇게 불쾌한 기분은 들지 않았다. 수온은 적당히 차가웠고 햇볕은 뜨거웠으며 다리 위에 누가 매달려 있는지 따위는 보이지 않았다. 미듬은 머리를 수면에 담갔다 나오기를 반복했다. 흐리멍덩한 물빛은 더 이상 그의 안중에 있지 않았다. 오로지 완영이었다. 사람들은 미듬의 주변으로 엉겨들기 시작했다. 앞서가는 사람들 중엔 오리발을 한 사람도 있어 그의 발이 미듬의 머리를 간혹 때리기도 했다. 누군가는 미듬의 어깨를 치고 올라가기도 했으며 또 누군가는 물결을 치고 올라가는 미듬의 긴 팔에 엉덩이를 맞기도 했다. 하지만 그 누구도 서로 돌아보지 않았다. 물결이 일었다. 아니, 살결들이 맞닿아 하나의 해일처럼 수면 위로 떴다가 가라앉았다. 미듬이 차오르는 숨을 고를 새도 없이 수경의 색으로 비치는 푸른 살결들을 바라봤다. 어떻게든 너머로 닿기 위해 발버둥 치는 모든 이들의 헤엄을 지켜보았다. 그리고 다시 그는 아래로, 저 비린내 나는 민물 아래로 팔을 넣어 몸을 유연히 접었다. 바야흐로 횡단의 시작이었다.

\*

해운이 미듬을 처음 만난 것은 지난해 여름이었다. 미듬은 동네에서 15평 남짓의 개인 빵집을 운영했는데 불과 50미터 거리에 있는 프랜차이즈 빵집 때문인지 손님이 늘 있는 것은 아니었다. 그래도 친구의 조언을 받들어 커피머신을 들여온 이후로는 테이크아웃 전문점처럼 사람들이 출근길이나 점심시간마다 창밖으로 찾아오곤 했다. 파운드케이크를 전문으로 내세운 빵집이라 그런지 간혹 단팥빵이나 마늘 바게트 같은 빵 종류를 찾는 사람들이 올

때면 미듬은 그들보다 더 안타까운 기색으로 고개를 내저었고 그들은 무슨 빵 가게가 흔한 단팥빵 하나 없냐며 농담 섞인 질책을 혼잣말처럼 내뱉었다. 하지만 미듬은 이와 같은 반응에도 굳건히 파운드케이크를 팔아왔다. 커피머신이 들어온 이후는 가게에 머무르다 가는 사람들도 늘었는데, 그중 한 명이 해운이었다. 그는 주말마다 기형도 시집이나, 호밀밭의 파수꾼을 들고(책은 정해져 있는 것처럼 저 두 권뿐이었다) 바나나 파운드케이크를 먹었다. 그는 매주 방문하다가도 달에 두어 번씩은 소식이 없었는데 미듬은 어느샌가 자신이 그런 그를 기다리고 있다는 것을 깨달았다. 마음이 번져가는 것은 순식간이었다. 반죽하던 손을 씻어내다가도 그를 떠올렸고 어지간하면 이젠 단팥빵이나 파는 게 어떻겠냐는 엄마의 말에도 그를 떠올렸다. 하지만 그를 떠올린다고 해서 미듬의 애틋함이 완결되는 것은 아니었다. 미듬은 해운을 이해하기 위해 기형도 시집을 샀고 오후 4시의 희망을 읽었으며 파운드케이크에 들어갈 바나나를 세로로 잘랐다. 그 자른 바나나를 넣은 파운드케이크를 이제 막 구워냈을 때에 해운이 다시 나타났다. 그는 실로 오랜만에 방문한 셈이었다. 미듬은 반가움을 감추지 못하고 오늘이야말로 말을 걸어보겠노라 결심했다. 그래서 보란 듯이 기형도 시집을 카운터 위에 올려뒀고 그가 늘 주문하던 바나나 파운드케이크를 갓 구운 판으로 바꾸어 놓았지만 해운은 그런 미묘한 변화 정도로는 흥미를 느끼지 못하는 듯했다. 그는 평소보다 딱딱한 태도로 가게 안쪽에 앉아 가방을 뒤적거렸다. 단순히 기분이 안 좋은 것으로는 보이지 않았다. 눈꺼풀은 어느 때보다 무거워 보였으며 온몸에 이완제라도 맞은 것처럼 나른함이 그의 전신에 덕지덕지 달라붙어 있었다. 의무적으로 이곳을 방문해야 하는 사람처럼 해운은 책을 꺼내자마자 그 위로 얼굴을 맞대고 기대 누웠다. 그의 얼굴은 무심함과 권태로움이 가득했다. 반절이나 잠겨 있는 눈동자는 정처 없이 어딘가를 향해 있었고, 우연이겠지만 눈치를 살피며 시집을 헤집는 미듬만이 그 시야 안에 갇혀 있었다. 둘의 눈이 마주친 최초이자 찰나였다. 미듬이 인중을 검지로 몇 번 쓸다가 시선을 먼저 피했다. 이윽고 느슨한 가게 분위기 속에서 홀로 분주히 커피를 내리기 시작했다. 요란한 기계 소리가 끝나고 얼음 담는 달그락 소리도 멈추었다. 미듬이 차가운 커피를 작은 사각 쟁반에 담아 해운에게 다가갔다. 해운은 시선이 마주쳤던 자세 그대로 먼 곳을 응시하다가 미듬을 보곤 초점을 되찾고 상체를 일으켰다. 책에 눌어붙어 있던 뺨이 불그스름했다.

"매주 오시더니 오랜만이네요."

미듬은 어설프게 말을 뱉으면서도 자신의 인사가 적절했다고 생각했다. 너무 부담스럽지는 않을 정도로만. 그저 단골에게 건네는 서먹한 사장의 인사치레려니 여길 정도로만. 하지만 해운은 그런 호의조차 썩 반가운 기색이 아니었다. 그는 무기력한 낯으로 커피를 받아 들고는 목 뒤쪽을 긁어내렸다.

"아직 주문 안 했는데요."

미듬이 당황하는 표정을 숨기기도 전에 해운이 먼저 말했다. 뭐, 괜찮아요. 어차피 주문하려고 했으니까. 살짝 통명스러운 어조로 혼잣말하듯 자문자답한 해운은 커피를 한 모금 마시곤 책을 펼쳐 종이 모서리에 세모로 접힌 부

분을 펼쳤다. 자국이 선명했다. 마치 오랫동안 그 모서리
에서 접혔다 펼쳐지기를 반복한 듯이 보였다. 미듬은 쉽게
자리를 떠나지 못했다. 이렇게 간단히 끝내고 싶은 대화가
아니었다. 해운이 미지근한 시선으로 미듬을 바라보았다.


"책을 좋아하시나 봐요."


해운은 그제야 우물쭈물하는 미듬의 의도를 알아챘다.
그는 입술을 축인 잔을 책과 최대한 멀리 두었다. 금방이
라도 반듯한 세모 모양으로 잘릴 듯한 모서리는 맥이 없
었다. 해운은 별 거 아니라는 듯이 말했다. 난독증이 있어
요. 심하지는 않은데, 그래도 읽는 데에 시간이 걸려요. 미
듬은 모서리 부분을 최대한 빳빳하게 세우려는 해운의 손
가락을 따라 시선을 내렸다. 침묵이 맴돌았다. 가게에는
애초에 그들뿐이었고 대화는 무미건조했으나 미듬에게는
공간의 온도가 높게 느껴졌다. 그러던 중 문득 미듬은 미
세하게 자신의 코밑으로 스치는 소독내에 셔츠를 끌어올
려 코 아래에 가져다 두었다. 물비린내라는 말이 더 적절
하겠다. 수영하시나 봐요. 지난밤 젖은 수영복을 아무렇게

나 올려놓았다가 셔츠에 물 자국이 났던 것을 기억해냈다. 미듬은 구겨진 셔츠를 가슴을 쓸어내리는 모양새로 펴며 멋쩍게 웃었다. 해운은 우리들이 서로 숨기고 굉장히 조심스럽게 구는 듯한 대화가 웃기다고 말했다. 봐요, 우린 말끝마다 서로를 가늠하고 있잖아요. 당신은 저를 보고 책을 좋아하시나 봐요, 라고 말했고 나는 당신에게 수영을 하시나 봐요, 라고 말했고. 그런데 결국 이 서툰 추측이, 서로에 대해 무지한 우리가 정말 그러한 사람들이란 게, 진짜 재밌는 것 같아요. 나른했던 해운의 눈매가 점점 얄망궂게 접혔다가 펼쳐졌다. 그 눈꼬리가 방금 목격한 맥없던 모서리와 닮아 있었다.

이후로도 해운은 미듬의 가게에 꾸준히 방문했다. 안면이 있다고 생각하는 건지 해운은 전보다 가게를 방문하는 빈도수가 높아졌다. 미듬은 그럴 때마다 해운에게 파운드 케이크 중에서도 바나나가 두 조각 이상 들어간 것을 엄선해 건네주었다. 해운은 이런 세심한 배려를 아는 것인지 부스러기 하나 없이 접시를 비우고 자리를 나서곤 했다. 간간이 대화가 길어질 때면 미듬은 해운에 대한 또 다른 점들을 찾을 수 있었는데, 그중 하나는 그의 직업이 유튜브 편집자라는 것이었다. 그는 자신의 직업 특성상 생활이 불규칙할 수밖에 없어 잠을 몰아서 자는 것이 습관이 되었다고 말했다. 그래서 어떤 때는 이른 새벽에 일어나기도 하고 날이 밝은 대낮에 잠이 들기도 한다고 말했다. 그러다 애매하게 시간이 남는 저녁에는 할 게 딱히 없어 책을 들고 동네 카페에 나오는 것이라고 말했다. 외롭겠네요. 미듬은 해운이 주문한 커피 잔 아래로 생기는 물기를 열심히 닦아내며 말했다. 해운은 그런 미듬을 빤히 바라보았다. 매서운 눈길은 아니었다. 다만 어딘가 공허한, 무언가에 사무치게 소속되고 싶어 하는 고독함이 그의 눈동자에 자리 잡고 있는 것만 같다고 미듬은 생각했다. 남들이 다 자고 있는 시간에 홀로 깨어나는 기분이란 무척 광활한 기분일 것이라고. 도통 어디로 자신이 뻗어 나가고 있는지 알 수도 없으면서 막연히 숨을 죽이고 날이나 밝기를 기다려야 한다는 거대한 고독감이 그가 매일 겪고 있는 것일지도 모르겠다고 미듬은 가늠했다. 해운은 고개를 끄덕였다. 마치 예견된 병명을 듣는 환자처럼 턱을 괸채 무감하게 대답했다. 맞아요. 저는 그런 것 같아요. 한참의 침묵 끝에 종이 넘기는 소리가 들렸다. 그날 이후로 처

음 넘겨지는 종이였다. 낡은 모서리가 등을 돌렸다. 오후 4
시의 희망이라는 제목이 나타났다. 미듬은 그가 새로운 모
서리 자국을 남길 때까지 카운터로 돌아가 밖을 바라봤다.
아무도 없는 거리의 어두운 저녁을 오래도록 바라봤다.


*


　미듬은 해운의 저녁에 길들었다. 둘은 문장을 나누는 사
이가 되었다. 해운은 한 달 내내 오후 4시의 희망을 읽어
내렸고 그 시를 완독한 날은 미듬의 어깨에 기대 울었다.
무엇이 그를 서럽게 한 것인지는 모르겠으나, 서투르게 연
필로 그어진 문장이 그를 관통했다는 것쯤은 알 수 있었
다. 미듬은 해운의 젖은 얼굴을 쓸어내렸고 입맞춤은 깊고
짧았다. 바나나는 오로지 해운을 위해 갈라지는 것만 같
았다. 아니, 여태껏 단팥빵과 마늘 바게트를 빚지 않은 제
고집이 해운을 위해 견뎌온 것은 아니었나 라는 생각마저
들었다. 와중에도 미듬은 수영을 놓지 않았고 물에 잠길
때마다 언젠가 저와 함께 횡단할지도 모르는 해운을 상상

했다.


"나는 가끔 내가 겨울잠을 자는 것은 아닌가 싶어."


해운은 미듬의 손등 위로 그림을 그리듯 검지를 세워
간질거렸다.


"그냥 그럴 때가 있지 않니. 잠을 자도, 또 자게 되고."
"사람이 너무 피곤하면 그런다고는 하더라."
"단순히 그것을 이유로 대기엔 내가 꼭 환자인 것만 같
잖아."
"그래서 겨울잠이라고?"
"아니, 정말로 그런 것 같기도 해서."
"어떤 점이?"
"자는 것만이 내가 할 수 있는 최선인 것 같은 기분이."


해운이 미듬을 끌어안았다. 맞대어지는 해운의 뺨이 뜨
거웠다. 그냥 그럴 때가 있잖아, 미듬아. 아무것도 생각해
낼 수 없는 상태가 되어서 눈을 떠도 소용이 없는 듯한,

모든 것들이 의미 없을 것만 같은 느낌. 내 온기가 묻은 이불 속에 잠식되는 감각들. 미련하도록 그 속에 있다 해도 누구도 찾아주지 않을 그런 스산한 해방감. 해운이 말하는 내내 피부에서 피부로 전해지는 진동이 미듬의 마음 한편까지 내려와 전율했다. 미듬은 해운에게서 몸을 떼고 그의 귓바퀴를 어루만지며 말했다.

"그래, 네 말이 맞아."

해운이 물비린내 나는 미듬의 옷자락을 만졌다.

"네 말이 맞는 것 같아."

미듬은 그날 이후 수영을 잠시 접기로 했다. 올해도 횡단하는 대회는 나갈 생각이지만, 때는 멀었으니 잠시 쉬어도 좋을 것 같았다. 대신 가게의 영업시간을 늘렸다. 해운은 늦은 시간까지 미듬의 가게에 머물렀다. 해운은 자신의 노트북을 들고 와 미듬과 홍콩영화를 보기도 했고 한때는 장국영에게 빠져 진지하게 매일 자기 전 시간을 되돌리는 상상에 빠졌다는 이야기도 했다. 시간을 되돌려서 뭘 하고 싶었는데? 해운이 사뭇 절심한 얼굴로 말했다. 그냥 한마디. 무슨 한마디? 죽지 말라고 한마디. 해운이 다시 재생 버튼을 눌렀다. 영화 속 공리가 장국영에게 사랑했느냐고 묻고 있었지만 그는 비통한 얼굴로 대답을 미루고 있었고 해운은 어째선지 그보다 더 애달픈 얼굴을 하고 벽에 기댄 채 장국영을 응시하고 있었다. 너는 온화한 사람이라 다행이야. 해운이 나지막이 말했고 미듬은 그 말이 무엇을 의미하는지 알 것만 같아 섣불리 입을 열지 못했다. 저번처럼 '네 말이 맞는 것 같아' 따위의 대답은 나오지 않았다. 해운은 그 때문에 조금 당황스러운 듯했고 대답을 종용하듯 미듬에게 고개를 돌렸지만, 공리가 아편을 피우고 산송장이 되는 장면이 나오도록 미듬은 말이 없었다. 해운은 영화가 끝나자마자 자리에서 일어나 덮었던 담요를 접었고 미듬은 느긋하게 일어나 부스러기만 남아버린 접시를 안쪽으로 가지고 들어갔다. 밖은 푸르스름해졌고 해운은 검게 눌어붙은 커피 잔 아래를 가만히 보다가 침묵을 깼다. 내가 틀린 말을 한 거니? 미듬이 그런 해운을 멀찍이 바라보다 인중을 긁으며 말했다. 그냥 이른 기분이 들어서. 그런 말을 듣기엔. 해운이 노트북을 덮고 자리에서 일어나 가게를 벗어났다. 미듬은 그가 사라진 자리를 맥없이 보다 조명을 마저 끄고 가게를 나왔다. 먼저 가버린 줄 알았던 해운은 길목 가운데에 서서 영화 속 공리와 같은 메마른 얼굴로 미듬을 바라보고 있었다. 내일은 비가 내릴 것이라고 했다. 물 찌꺼기 같은 냄새가 공기 중에 나부꼈다. 수영이 하고 싶었다. 몸을 접어 수면 아래 끝까지 처박히고 싶었다. 윙윙대는 외부의 소리 따위는 청력을 잃은 고래처럼 굴어버리면 그만이었다. 미듬은 진심으로 헤엄치는 자신이 그리웠다. 축축한 아스팔트 위를 운동화 밑창으로 질질 끌며 해운의 앞에 당도했다. 그의 두꺼운 손 마디마디에 깍지를 끼며 말했다.

"너무 날 확정 짓지는 마."

둘은 서로의 손에 힘을 주었다.

"가늠하는 정도가 좋은 것 같아."
"왜?"

"그런 사람이 아니게 되면 어떡해."

"그런 사람이 되도록 노력해주는 건 안 돼?"

"그런 사람이 되는 순간 넌 이렇게 말할 거야."

"……."

"나한테 어떻게 그럴 수 있어."


봐, 말이 돼? 우리가 어떻게 서로에게 그러지 않을 사람이 되고, 그럴 수 있는 사람이 되니. 어떻게 너와 내가 그렇게 올곧게 같아질 수 있니. 우리는 그런 사람이 될 수 없어. 해운아, 너는 되더라도 나는 될 수 없어. 꼭 그렇게 살아야만 널 행복하게 해줄 수 있을 것만 같은 기분도, 언젠가 구식이 되어버릴 거고…….

봐봐, 그럴 수 없는 사람이 그런 사람이 되기 위해서 그 안에 얼마나 많은 것들을 죽여야 하는지 알아? 사실 그 모자의 구멍 내가 만든 것일지도 몰라. 커지고 커지도록, 내가 그렇게 만든 것일지도 몰라. 거추장스러운 것은 저 깊은 내장 아래로 삼켜내야 하니까. 아, 네가 수영을 하는 아이라면 좋을 텐데. 정말 모르니. 이번에도 구멍이 난다면 눈과 코를 또 잃게 될 거야. 그럼 난 물 밖에 들어갈 곳이 없어. 수영을 해야겠지, 아마……. 이러한 반복 속에 살 거야. 해운아, 네가 아니더라도. 네가 아니게 되더라도.

해운이 미듬의 뺨에 입을 맞췄다. 구멍이 난다느니 그런 말은 하지 마. 네가 구멍이 어디 있다고. 그러나 미듬은 미동도 하지 않았다.

*

해운은 한동안 저녁에 찾아오지 않았다. 미듬은 일상을 되찾기로 했다. 오랜만에 저녁반에 나가니 낯선 수강생들이 꽤 보였다. 박 코치가 호루라기를 불었다. 미듬이 가쁜 숨을 입으로 힘껏 들이쉬고 다시 물결에 얼굴을 처박았다. 팔을 휘저을 때마다 물살이 파도처럼 일어 피부를 가볍게 때렸다. 레인의 끝에 손을 대자마자 수경을 올리고 얼굴을 씻어 내렸다. 거세게 요동치는 가슴을 억세게 눌렀다. 오랜만에 후련한 기분이었다. 수강 시간이 얼마 남지 않았을 때 박 코치가 새로운 공지를 알려주었다. 한강 횡단 수영 대회 소식이었다. 이번에는 바다에서 열릴 거라고 기대했지만 기우였다. 미듬은 아쉬운 마음을 뒤로하고 수건을 두른 채 신청 안내 용지를 받았다. 횡단은 두 달 후였다. 미듬은 샤워실에서 머리를 감는 동안에도, 젖은 수영복을 비닐봉지에 넣는 동안에도 해운을 생각했다. 그가 다시 자신을 방문해주길 바랐다. 그와는 아직 나누고 싶은 대화들이 많았다. 하지만 미듬은 용기가 없었다. 기다리는 것은 괴로웠다. 그가 할 수 있는 거라곤 그저 하루도 빠짐없이 센터에 나가는 것뿐이었다. 매섭고 그윽한 수질 속에서 해운을 떠올리는 것이 그의 유일한 취미처럼 자리 잡았다.

횡단이 정해졌다고 달라지는 것은 없었다. 훈련 강도는 늘 비슷했다. 박 코치는 김 코치와 달랐다. 그는 횡단에도 관심이 없어 보였다. 간혹 나이 많은 회원이 무례한 언사를 건네도 얼굴색 하나 없이 웃어넘겼다. 듣고 흘리는 것 같다는 표현이 적절하겠다. 그는 아마추어인 수강생들을 대단히 내려다보는 태도로 대하기도 했다. 뭐, 모르셔도 되는 동작이긴 해요 같은 말들을 자주 했고 미듬은 그런 말을 들을 때마다 불쾌하긴 했지만 정작 티를 드러내는 것은 살짝 올라간 눈썹이 전부였다.

그런 건조한 일상 속에서 해운이 나타난 것은 나날이 기록을 경신하는 어느 폭염의 오후 2시경이었다. 저녁이 아닌 시간에 해운을 보는 것은 처음이었다. 해운은 아주 낯선 손님처럼 굴었다. 늘 앉던 자리를 피하고 바나나 파운드케이크는 주문하지 않았다. 따뜻한 커피 하나만 계산하고 여느 날처럼 시집을 펼쳤다. 모서리가 접힌 시의 제목은 오후 4시의 희망이었다. 미듬은 무슨 영문으로 해운이 그러는 것인지 알 수가 없었다. 꼭 자신과 키스를 나누기 전의 무덤한 관계로 돌아간 것만 같았다. 테이크아웃 커피를 주문한 손님을 마지막으로 보내고 미듬은 허둥지둥 해운의 자리로 다가갔다. 해운은 자신이 밑줄 그은 부분을 손가락을 따라 몇 번이고 읽어 내리고 있었다.

김은 상체를 구부린다, 빵 부스러기처럼…… 내겐 얼마나 사건이 많았던가, 콘크리트처럼 나는 잘 참아왔다. 김은 상체를 구부린다, 빵 부스러기처럼…… 내겐 얼마나 사건이 많았던가, 콘크리트처럼 나는 잘 참아왔다…… 김은 상체를 구부린다, 빵 부스러기처럼. 내겐 얼마나 사건이 많았던가, 콘크리트처럼 나는 잘 참아왔다…… 김은 상체를 구부린다, 빵 부스러기처럼…… 내겐 얼마나 사건이…… 많았던가, 콘크리트처럼 나는 잘 참아왔다. 김은…… 상체를 구부린다, 빵 부스러기처럼. 내겐…… 얼마나 사건이 많았던가, 콘크리트처럼…… 나는 잘 참아왔다……

해운의 상체가 빵 부스러기처럼 구부려졌다.

"있잖아, 미듬아. 내가 남들보다 글자를 잘 담을 수 없는 사람이라고 해서 한 번도 부끄러웠던 적은 없어……."

그는 예전처럼 책에 뺨을 붙이고 미듬을 올려다보며 말했다.

"이 세상엔 활자로 치부하기에 너무 벅찬 문장들이 많고, 나는 간혹 그 문장을 통해 우리 엄마를 보고, 집 나갔다던 옆집 아줌마를 떠올리고, 몇 년 전에 날 떠났던 연인을 이해해. 그런 것들이 계속해서 이어지면, 난 그냥 모서리를 접을 수밖에 없게 돼. 어차피 우린 서로를 해결해주지 못하는 것만 같아서. 어쩌면 네 말이 맞을지도 몰라…… 내가 슬퍼지는 이유는 오로지, 오로지…….”

해운은 마지막 단어를 반복해서 중얼거리다가 상체를 펴고 일어나 다시 모서리를 접고 시집을 덮었다. 그러곤 미지근한 커피를 한 모금 마신 후 밖에서 안으로 들어차는 뜨거운 햇볕에 허벅지를 맡기고 벽에 기댔다. 날이 더운 탓인지 차가운 커피 주문은 끊임없이 들어왔고 미듬은 그런 해운의 맞은편에 앉아 있다가도 다시 허둥지둥하는 자세로 달려가 커피를 내렸다. 금방이라도 자리를 비울 것만 같아 흘금대던 불안함과 다르게 해운은 해가 지고 가게를 정리하고 수영장을 가는 시간이 되도록 벽에 기대 있었다. 아직도 수영하니? 해운이 물었다. 한적한 정류장에 나란히 선 둘은 서로 다른 목적지를 두고 의미 없이 버스만 여러 대 보냈다. 응. 다시 수영 시작했어. 미듬의 말에 해운은 그럴 줄 알았다는 식으로 고개를 끄덕였다. 바다에 갈래? 나 네가 수영하는 것 좀 보고 싶어. 언제가 좋아? 버스 한 대가 다시 지나가고 요란한 엔진 소리가 끝나도록 대답 없던 미듬이 해운의 손에 깍지를 끼고 말했다.

사실 지금이라도 좋아.

즉흥적인 것은 둘의 삶에 익숙하지 않았으나 서둘러 갔던 터미널에는 심야 버스가 남아 있었고 어느 해수욕장이든 사실 아무래도 좋았기에 최대한 가까운 곳으로 가기로 했다. 해운은 그 어느 때보다 생기가 넘쳐 보였고 미듬은 그런 그의 벌게진 귓바퀴를 보며 정말 어쩌면 해운의 계절은 영원히 밤일 수도 있겠구나 어렴풋이 가늠했다. 텅텅 빈 심야 버스에서 둘은 가장자리 창가 좌석에 각자 앉았다. 그러다가도 고개 돌려 어쩌다 눈이 마주치면 무엇을 보느냐는 듯이 픽 장난스러운 표정을 지었다. 바다에 도착했을 때는 11시를 넘기고 있었고 미듬은 공중화장실에서 수영복으로 갈아입고 나와 찰박이는 파도에 발을 담갔다. 너도 들어와. 해운이 고개를 저었다. 보는 게 좋아. 모래사장은 일렬로 늘어져 있는 횟집들의 네온사인에 보랏빛으로 물들었다. 많이 차가워? 아니, 딱히 그렇진 않고. 해운에게 미듬은 어두운 수면과 밤하늘의 경계에 걸려 있는 것같이 보여 그런 그가 오늘따라 더 이질적으로 느껴졌다. 미듬이 허벅지까지 오는 깊이에 들어가 가슴 쪽으로 물을 끼얹었다. 그러다가도 이내 익살맞은 얼굴로 해운이 앉아 있는 곳까지 두 손으로 물을 담아 던지기도 했다. 너도 하자. 미듬이 완전히 물에 들어간 채 목을 길게 빼놓고 말했다. 해운은 고개를 저었다. 싫어, 찝찝해져. 멀찍이 떨어진 등대 근처로 폭죽을 터트리는 소리가 들렸다. 그러나 모두가 미듬 같은 것은 아니었다. 그 누구도 바다에 들어갈 엄두는 내지 않았다. 검게 찰랑이는 바다, 저 너머 흐릿해진 수평선은 장님이 된 기분으로 절벽에 서 있는 듯한 기분까지 주었다. 아니, 그거 말고. 너도 횡단해보자고. 해운아. 팔을 좌우로 가르며 해운의 근처로 밀물처럼 다가온 미듬은 물질하는 해녀들처럼 물을 다스리는 게 노련해 보였다. 어디를 횡단하는데? 해운이 무릎을 껴안았다. 이번엔 한강이지만, 다음엔 바다일 수도 있어. 난 바다가 좋은데. 그건 나도 그래. 미듬이 제 몸 아래 젖어버린 모래를 점토처럼 둥글게 만들어 해운의 어깨에 던졌다. 성난 해운이 모래를 한 움큼 쥐었을 때 미듬은 보란 듯이 수면에 재주 부리는 돌고래처럼 다시 뛰어들었다. 어찌나 숨을 오래 참는 것인지 한참 동안 머리 하나 내밀지 않았다. 미듬아. 해운은 이름을 불렀고 검은 바다는 고요했다. 미듬아, 나와. 파도가 해운의 발끝까지 넘실거렸다. 쥐고 있던 모래를 던졌다.

작은 알갱이가 손에서 흩어지고 그의 푸른 다리가 정신없이 파도를 헤쳤다. 허리까지 젖어들었을 때 미듬의 얼굴이 보였다. 손을 뻗으면 닿을 것처럼 거리는 가까웠다. 그는 빗방울에 번진 종이 속 글자처럼 흐린 표정으로 눈을 감고 있었다. 아래로는 물을 휘젓는 소리가 들렸다. 해운이 그의 팔을 잡아당겼다. 갑작스러운 손길에 놀라 허우적대는 그를 놓칠세라 서둘러 수면 밖으로 데리고 나왔다. 축축해진 몸은 춥기보다 가난했다. 이처럼 가난한 육체들은 어딜 가야 건조되는 것일까. 해운이 미듬을 돌아봤다. 그는 여력이라곤 하나 없는 기색으로 바다를 한 번 빙 둘러보고 있었다. 그 뒷모습은 영영 건져질 수 없는 사람인 것처럼 앙상하고 습했다. 이토록 가난하여 축축하게 살아온 사람. 건조될 수 없는 삶을 능숙히 물질하며 견뎌온 사람. 미듬의 등을 끌어안았다. 추저분하고 비린 냄새가 났다.

피부가 갈라질 것처럼 해는 뜨거웠고 온통 눈을 찌푸린 사람들 천지였다. 횡단하는 사람들은 매년 느는 것인지 작년보다 출전 조가 늘었다. 미듬과 오랜 시간 동안 대회에 참여해온 정 씨가 잔디밭 위에서 오리발을 신다 말고 물

었다. 미듬 씨도 김 코치 기억나지? 둑 아래에서 몸을 푸
는 사람들을 따라 대강대강 몸짓을 따라 하던 미듬이 말
없이 고개를 내저었다. 그를 기억한다고 확신할 수 없었
다. 그에 대해 알았던 것이라고는 늘 우물쭈물댔던 윗입
술의 두툼함뿐이었다. 대회 날에 여기만 오면 가끔 그 친
구가 나한테 오리발을 빌려 간 게 생각나거든. 3년 전인
가. 대회가 끝나고 난 뒤였는데, 수영복을 짜는 내 옆에 와
서 이 오리발 좀 빌려달라 그러더라고. 정 씨는 정작 미듬
을 올려다보지는 않은 채 오리발에 자신의 발을 맞추는
것에만 신경을 쓰고 있었다. 대회도 끝났는데 그 오리발을
어디에 가져다 쓸 거냐니까 글쎄, 자기가 써보고 싶대. 참
웃기는 놈이려니 생각하면서 줬는데 그걸 제 발에 꾸역꾸
역 끼워놓고는 아무도 없는 그 한강으로 돌진하더라고. 정
씨가 검지 끝을 부표에 둘러싸여 횡단하는 이들을 향해
겨눴다. 그러고는 건너로 사라졌어. 보이지도 않게. 수영
이 너무 빨라 내가 놓친 거려니, 하려 해도 그 뒤로 코치
도 그만두고 오리발만 센터에 맡기고 정말 홀연히 없어졌
으니 가끔 생각이 난다니까. 미듬이 허리를 접었다가 펴며
말했다. 죽었으면 뉴스에 나오지 않았을까요. 무심히 내

려다본 한강에는 형형색색의 머리들이 떠 있었다. 호루라기 소리가 들렸다. 다음 출전 조가 출발했다. 미듬은 정 씨가 가리켰던 그 끝을 노려보듯 서 있다가 둑 아래로 내려갔다. 미듬아. 멀리서 해운의 목소리가 들렸다. 둑 아래서 고개를 돌렸다. 수영복 차림의 해운이 잔디를 밟아 내려오고 있었다. 어떻게 여기 왔어? 머리카락 한 올도 내려오지 않게 단단히 쓴 수영모는 앳된 해운의 얼굴을 더 부각했다. 해운이 몸을 좌우로 돌리며 웃었다. 같이 하자며, 그러니까 왔지. 미듬은 수시로 상상했던 해운과 횡단했던 장면들을 곱씹었다. 맞아. 잘 왔어. 어려울 거 없어. 정 씨는 어느새 한강 아래로 들어가 열심히 오리발을 휘젓고 있었다. 미듬이 말했다. 수영 도중 다리가 저리거나 숨이 차면 움직이지 말고 멈춰 있거나 라인 가장자리로 빠져야 해. 무리하지 않는 게 제일 중요하니까 서두르지 말고 일정한 페이스대로 나아가고, 응? 초반에 서두르다가 체력이 급격하게 빠져서 완영하지 못하는 수도 있는데 그래도 너의 페이스대로만, 그렇게만 가면 돼. 해운이 그런 말을 듣는 둥 마는 둥 해가 너무 뜨거웠다는 말만 반복하다 호루라기 소리에 한강으로 발을 내밀었다. 무서워? 아니, 그냥 그래. 생각보다 해운은 겁이 없어 보였고 흐리멍덩한 그 수질 속으로 가차 없이 몸을 넣었다. 둘의 살결이 맞닿다 떨어졌다. 출발 전 대기를 하는 동안 미듬이 말했다. 정신없을 테지만 그래도 내 옆에 최대한 붙어 있어. 같이 완영하자. 해운은 대답 없이 수경을 쓰고 물 아래로 들어갔다 나오기를 반복하다 지난날 바다에서 미듬이 배영 자세로 떠 있던 것을 재현했다. 그날 너 이렇게 있었잖아. 손은 노처럼 휘저으면서. 꼭 나룻배처럼. 사실 그거 조금 웃기긴 했어. 미듬이 그런 해운의 얼굴에 물을 끼얹었다. 자세가 망가진 해운이 다시 자리로 돌아와 미듬의 옆에서 팔다리를 휘저으며 부표처럼 떠 있었다. 다음에는 꼭 바다가 좋겠어. 해운의 말이 끝나자마자 출발을 알리는 호루라기 소리가 들렸다. 사람들이 너 나 할 것 없이 힘차게 나아갔다. 미듬도 팔을 길게 뻗었다. 앞사람의 다리를 스쳤다. 옆으로는 해운의 팔뚝이, 발끝으로는 만질만질한 누군가의 수영모가 느껴졌다. 물이 아니라 사람을 횡단하는 기분이 들었다. 서로가 엉겨들었다. 살결과 살결이 부대끼는 수영, 미듬이 횡단하는 이유는 바로 이런 점에 있었다. 무언가에 홀린 듯 정신없이 수면을 유영하고 있던 미듬이 헉헉대는 숨을 고르게 하려고 멈췄다. 중간 지점까지 왔을 때만 해도 해운의 형광색 수영모가 보였던 것 같은데 도착 지점을 남기고 미듬의 옆에는 아무도 없었다. 뒤를 돌아봐도 검정 수영모 둘뿐이었다. 어디로 갔을까. 내가 너무 빨리 와버린 것일까. 너무 힘들어서 기권했나. 발에 쥐라도 나서 저 어딘가에서 허우적거리고 있는 것은 아닐까. 당황한 미듬이 잠시 멈춰 있다가 다시 도약했다. 다음 출전 조가 저 멀리서부터 몰려오고 있었고 미듬은 해운이 먼저 건너갔으리라 여길 수밖에 없었다. 사실 아무래도 좋았다. 정말 아무래도 좋았다.

그날 대회는 무사히 완영하는 것으로 끝났고 메달을 받은 후에도 해운은 나타나지 않았다. 해가 질 때까지, 부표가 다 걷어질 때까지도 미듬은 축축한 몸 그대로 해운을 기다렸지만, 그는 정말 어디론가 사라진 사람처럼 보이지 않았다. 낮과 달리 해가 저무니 슬슬 추워지기도 했고 내일 가게에 또 일찍 나가 파운드케이크를 구우려면 이쯤에서 돌아가야 했다. 미듬은 돌아가는 길에도 문득 해운을 떠올리며 정말 그가 어디로 갔는지, 돌아가면 연락을 줄 것인지, 내일은 또 저녁이 되어서야 가게에 나와 바나나 파운드케이크를 먹어줄 것인지 같은 고민을 했다. 그러다가도 횡단했을 때의 해운을 기억했다. 앙다문 입술과 파란 수경 속에서 오로지 목표 지점을 향해 퍼뜩 치켜 있었을 눈빛. 아니, 그는 간혹 저를 잡았던 것 같기도 했다. 앞서 가지 말라고 옆구리를 한 번 밀었던가. 그것도 아니면 계속해서 엉덩이를 쳤던 누군가가 혹시 그는 아니었던가. 그것도 아니면 뻗었던 손끝을 겹쳐 잡았던 것이 그였던가. 그렇다면 어쩌면 그를 잃어버린 것은 나였었나. 내가 그를 놓아버린 것은 아니었을까. 혼란스러운 마음에 그날 저녁 아무것도 못 하고 한참을 베란다 밖에서 서성이다가 안으로 들어와 수영복을 빨기 위해 가방을 뒤적거렸다. 비린 민물 냄새가 났다. 수영모에는 구멍이 하나 뚫려 있었다. 어쩌다가 생긴 구멍이래. 그렇게 중얼거리며 미듬은 새 수영모를 조만간 사야겠다고 생각했다.

## 작가 노트

그러고 싶지만, 그렇게 해줄 수 없는 애틋한 인간성에 대해 생각한다. 엄마에게 오늘도 아빠와 싸웠다는 연락이 오고 나는 이미 20년을 넘게 살아왔으면서도 뭐가 그렇게 싸울 일이 남았냐고 다그친다. 엄마는 여전히 외롭다고 하고 아빠는 다시 침묵하는 사람이 된다. 빵부스러기처럼 여기저기 상체를 구부린 사람들뿐이다. 기형도의 시집을 읽고 참 많이 울었다. 펜을 들어 엄마에게 시를 한 편 필사해서 보내려다 엉망인 필체를 보고 멈추기가 벌써 여러 번이다. 다정하고 싶지만 다정해질 수 없는 슬픈 인간성에 대해 생각한다. 지난밤 외롭다는 친구의 새벽을 거절하고 홀로 침대에 누워 아이돌 영상을 찾아봤다.

카톡방의 숫자는 쌓여가는데 나는 이를 모르는 척 이어폰만 끼고 엄정화의 다가라를 흥얼거렸다. 그러다 다시 잘 견뎌보겠다는 친구의 인스타 피드를 보고 그제야 솟구치는 애통한 마음으로 친구에게 어설프게 말을 걸었다.

우리는 왜 서로에게 그런 사람이 되어주지 못하고 혹은 그런 사람이 되어주기를 미련하게 바라는 것인지, 글을 쓰는 내내 고민했지만 아직도 명쾌해지지 못했다. 호호 할머니가 돼서도 이런 고민 따위를 하며 늙음을 줄자로 재는 일상을 보내겠지. 이렇듯 외로워지기 싫어서 더 외로워지는 모순들이 내 감각들을 함몰시켜버리고 입술만 가벼워지도록 만든다. 온화한 사람이라고 칭하는 해운에게 불현듯 독백을 늘어놓는 미듬을 상상하며 내가 더 서러운 마음으로 그를 미워했다. 그래도 꼭 그렇게 말했어야 했어? 나의 미듬이 저 멀리서 구멍이 난 수영모를 뒤집어쓰고 헤엄쳐 온다. 점점 커지는 구멍의 크기가 그래도 꼭 그렇게 말했어야 했다고 대변하는 것만 같다. 그러니 내가 바라는 것은 오로지 하나, 그가 속한 수면이 되도록 따뜻하길 바란다.

# 눈빛이 없어

## 이현석

2017년 중앙일보 중앙신인문학상에 단편소설 「참(站)」이 당선되어 작품 활동을 시작했다.

근무를 시작하기에 앞서 지낼 곳을 알아보러 희곤이 M군에 간 때는 2001년 5월 중순이었다. 원주의 한 대학에서 그해 여름에 박사과정을 수료할 예정이었던 그는 지도교수의 추천으로 2학기부터 M군에 소재한 전문대로 내려가 당분간 교편을 잡기로 했다. 아침 일찍 원주 시외버스 터미널을 출발해 K시까지 가는 대여섯 시간 동안 그는 내리 잠을 잤고 K시 터미널에서 환승하는 사이 김밥 한 줄을 먹은 다음 M군 군청으로 가는 버스에 올랐다. 한참 동안 도농 복합 단지의 조야한 풍경이 이어졌지만 어느 순간부터 버스가 해안도로를 타자 두터운 방풍림 너머 윤슬

이 드문드문 비쳐 들었다. 이름이 익숙한 해수욕장 옆을 지날 때는 바다가 탁 트인 맨살을 드러냈다가 군청이 가까워질 무렵 다시 자취를 감췄다.

희곤이 전날 연락한 부동산 중개소는 쉽게 찾을 수 있었다. 군청 건너편에 읍사무소가, 읍사무소 옆에 중국집과 노래방과 건강원이 있는 2층 건물이, 그 건물 1층에 부동산 중개소가 있었다. "어제 전화 드렸던 사람입니다." 사무실에 들어선 그가 말했다. 그를 본 중개인이 소파에 앉으라는 식으로 턱짓을 했다. 그가 앉은 소파 앞에는 판유리 아래 녹색 광목천을 덮어둔 검은 다탁이 있었다. 중개인은 서류철 하나와 자기가 마시던 믹스커피를 들고 한쪽 다리를 절뚝거리며 다탁으로 왔다. "혼자 지내실 거라고 했나?" 맞은편 소파에 앉은 중개인의 물음에 그가 그렇다고 했다. "운전원으로 온 거요, 정비로 온 거요?" 중개인이 묻고는 그를 멀뚱멀뚱 쳐다보았다. 그도 중개인을 멀뚱멀뚱 쳐다보자 중개인은 발전소에 일하러 온 것이 아니냐고 물었다. 그는 아니라고 했다. "그거 별일이군……." 중개인이 혼잣말을 했다. 그가 인근의 전문대에서 일할 예정이라고 하니 중개인은 거기가 아직도 돌아가느냐고 물었다. "오늘내일한답니다." 그가 답했다. "그것도 참 별일이군……." 또 혼잣말을 한 중개인이 커피를 한 모금 마시고는 "바닷가라……"라며 다시 혼잣말을 했다. 전날 중개인과 통화했을 때 그는 바닷가에 있는 집을, 이왕이면 주택으로 원한다고 했다. 그가 검색을 해본 바 M군은 어디든 터무니없이 저렴했다. 남는 게 시간일 텐데 학교까지 걷거나 자전거를 타고 다닐 요량이었으므로 그는 바다가 보이면 그만이었다. 검지에 침을 묻힌 중개인은 서류철을 뒤적이다 어디론가 전화를 했다. 전화가 연결되지 않자 인중을 길게 늘어트린 중개인이 무언가를 생각하더니 그에게 "따라오슈."라고 말하고는 사무실 밖으로 나갔다. 그는 중개인의 구형 쏘렌토 조수석에 올라탔다. 읍내에서 해안도로로 나온 자동차가 해안선을 따라 구불구불 달렸다. 중개인은 말이 없었고 차창 틀에 팔꿈치를 올린 그도 가는 내내 바다만 내다봤다. 자동차는 해안도로에서 논 사이의 간선도로로 들어갔다. 얕게 물대기를 한 논 위로 고개를 치켜든 푸른 벼들이 바닷바람에 휘청거렸다. 도로는 방조제로 이어졌는데 방조제에는 갈매기 그림이 너무 갈매기처럼, 구름 그림이 너무 구름처럼 그려져 있었다. 방조제를 통과

하자 중개인이 속도를 늦추었고 반대 차선을 가로질러 시멘트로 포장된 길목에 들어섰다. 포장이 형편없어 일고여덟 번 굽이치며 언덕 위로 올라가는 동안 차가 계속 덜컹거렸다. 너르고 평평한 언덕배기에는 여러 세대가 띄엄띄엄 촌락을 이뤘다. 중개인이 소개해준 그 집은 마을회관 근처였다. 붉은 벽돌로 지어진 단층짜리 마을회관의 정문 설주에는 '씨니어 센-타'라고 궁서체로 적힌 나무 현판이 세로로 걸려 있었다. 마을회관 마당에 주차한 중개인이 차에서 내리자 희곤도 그를 따라 내렸다.

벼랑 가까이 자리 잡은 그 집으로 걸어가면서 희곤은 울릉도 나리분지나 에든버러 절벽 지대, 오키나와 만좌모 같은 곳들을 떠올렸다. 희곤은 그런 풍경들을 좋아했다. 하지만 직접 가본 곳은 한 군데도 없었는데 당시로서는 앞으로도 가지 못하리라 여겼으나 나중에는 결국 가게 될 곳들이었다. 길가에는 자운영과 배치가 한창 꽃을 피웠다. 꽃들 사이로 두툼하게 살이 오른 풋베기콩잎이 소금기 머금은 바람에 이따금 일렁였다. 중개인은 파란 철제 대문에 달린 파란 사자 모양 문고리를 두드렸다. 대문 오른쪽으로 깨진 병 조각이 꽂힌 시멘트 담장이 벼랑까지 멀찍이 이어졌다.

대문 왼쪽에는 병 조각은커녕 담벼락도 없었다. 대신 길가를 따라 줄지어 심긴 쥐똥나무가 안팎을 나누었고 그 덕에 안이 훤히 보였다. 관리가 제대로 되지 않은 너른 마당 뒤로 완연히 다르게 생긴 집 두 채가 나란히 자리했다. 본채는 반지하 위에 단층 건물이, 단층 건물 위에 다락과 박공지붕이 올라간 전형적인 새마을 주택이었다. 그러나 지붕은 완전한 첨형이 아니었다. 지붕은 아래 끝부터 3분의 1 지점까지 올라가다 평평해졌는데 그것은 옥상이 존재함을 뜻했다. 본채 옆으로 5~6미터가량 떨어진 별채는 목조 가건물이나 컨테이너가 아닌 콘크리트로 지어진, 말하자면 또 하나의 집이었다. 넉넉잡아 건폐율 일곱 평쯤으로 보이는 작은 건물이었지만 명확한 2층으로 지어져 고도는 오히려 본채보다 높았다. 중개인은 희곤이 여기를 고른다면 별채에서 살게 될 거라고 했다. 희곤은 벌써부터 이 집이 마음에 들었다. 문막에 있던 그의 외갓집도 새마을 주택이었고 그 집 마당에 연결된 밭에는 개암나무가 가득했다. 외할머니가 뇌졸중으로 쓰러지기 전까지 그는 자주 그곳에 갔다. 말년의 외할머니는 손수 지은 목조 별채에서 가구를 만드는 일에 몰두했다. 그는 어릴 적 외할머니에게 받아 여태 쓰고 있는 원목 책상을 저 별채에 두면 잘 어울릴 거라 생각했다. 중개인은 사자 모양 문고리를 몇 번 더 두드렸다.

"우재!" 인적 없이 고요한 내부를 향해 중개인이 소리쳤다. 대답이 들리지 않자 중개인은 무어라 구시렁거리더니 오른쪽 담장을 따라 절뚝거리는 다리로 걸음을 옮겼다. 희곤도 중개인을 뒤따랐는데 집 뒤편으로 갈수록 경사가 심해져 몸을 뒤로 젖혀야 했다. 담장 모서리를 돌아 벼랑길로 들어서니 먼 바다가 한눈에 들어왔다. 벼랑은 커다란 호를 그렸고 그와 같은 호들이 해안선을 따라 좌측으로 여러 개 이어졌다. '자연' 외에는 덧붙일 말이 없는 풍경 속에서 단 하나의 이질적인 광경이 있다면 오른쪽 능선 너머로 나란히 솟아오른 일곱 개의 굴뚝이었다. 굴뚝들은 멀리 떨어져 있었지만 가까이 있는 것처럼 느껴질 만큼 크고 높았다. 굴뚝 아래를 가린 능선을 타고 송전탑들이 늘어서 있었다. 전선은 사방으로 뻗어나갔다. 희곤은 그렇게 큰 굴뚝을 본 적이 없었다. 바다를 면한 산자락 뒤로 선박의 후미가 삐져나와 있었는데 그렇게 큰 배를 직접 보는 일도 그로서는 처음이었다. 그는 훗날 그 배가 과

테말라에서부터 웬만한 야산 한 채의 부피에 해당하는 석탄을 싣고 발전소 하역장으로 입항했음을 알게 된다. 하지만 지금은 중개인이 옥상을 올려다보며 혀를 끌끌 차는 소리에 그도 고개를 위로 젖힐 뿐이었다. 옥상 담벼락에는 늙수그레한 남자가 있었다. 정확히 말하면 거기에 그 남자의 머리만 보였다. 난간 윗면에 가슴을 댄 채 고개를 바깥으로 내민 남자가 아래를 응시했다. 그것은 내다보거나 내려다보는 것과는 거리가 먼, 시선이 지면에 직교하도록 내리꽂듯이 땅바닥을 바라보는 모습이었다. "우재!" 중개인이 날카롭게 외쳤다. 그제야 중개인을 발견한 남자가 어색하게 몸을 일으켰다. 남자는 중개인과 희곤을 번갈아 보더니 싱긋이 웃어 보였다. 중개인과 우재는 다시 대문으로 갔다. 남자가 대문을 열어주자 중개인이 그의 팔뚝을 툭툭 치며 괜찮으냐고 물었다. 어깨를 한 번 으쓱인 남자는 꾹 다문 입을 양쪽으로 끌어올렸다. 중개인은 말없이 고개를 끄덕이는 남자를 보며 싱겁게 웃었다. 그러고는 희곤에게 집주인과 함께 천천히 집을 둘러보라며 자기는 마을회관에서 기다리겠노라고 말했다. 우재라 불린 남자는 키가 컸다. 그와 눈을 맞추기 위해 중키의 희곤이 고개를 꽤 들어야 할 정도였다. 우재는 어깨도 우람했는데 잔뜩 움츠린 그의 어깨는 펴질 줄 몰랐고 희곤과 악수를 하는 그의 손도 그의 어깨처럼 경직되어 있었다. 구부정한 자세 때문에 뒤로 넘긴 우재의 잿빛 머리카락이 연신 아래로 흘러내렸다. 그는 그것을 가끔씩만 손으로 쓸어 넘겼다. 마당 곳곳에는 잡초가 무성했지만 본채와 별채로 가는 길은 Y자로 말끔히 정리돼 있었다. 별채로 가는 동안 우재가 주먹을 꽉 쥐고 팔을 위로 들어 올렸다. 그는 그런 식으로 벌을 서듯이 걷다가 갑자기 힘을 빼고는 팔을 툭 떨어트렸다. 우재는 이렇게 과도하게 신전시켰다가 갑자기 이완하는 동작을 취하면 기분이 한결 나아진다고 말하며 희곤을 힐긋 쳐다봤다. "선생님도 나중에 한번 해보세요. 방금 전에도 난간 앞에서 이런 동작들을 취하고 있었습니다. 그런데 땅에 핀 꽃이 너무 예뻐서 시간 가는 줄도 모르고 지켜봤네요. 패랭이꽃 같기는 했습니다만 그렇게 파란 녀석은 처음이었어요." '파란'을 한 번 더 길게 발음한 우재가 낮게 웃었다. "아, 그렇군요." 희곤도 상냥한 투로 응대했다. 별채 안은 희곤이 밖에서 본 것처럼 아담했으나 혼자 살기에는 충분히 넓었다. 바닥엔 모노륨이 깔려 있었고 도

배지도 울지 않았다. 개수대 물은 제대로 나왔으며 화장실 물도 잘 내려갔다. 우재는 2층도 보여주겠다고 했다. 2층으로 올라가는 시멘트 계단은 본채처럼 건물 외벽에 붙어 있었다. 2층 출입문 앞에서 희곤이 뒤를 돌아보자 본채의 옥상이 내려다보였다. 옥상에는 널어두고 잊은 듯 바랜 빨래가 빨랫줄에 널려 있었다. 빨랫줄 너머로 파라솔이 한쪽 모서리에 꽂힌 나무 평상이 놓여 있었다. 평상 가운데는 정종 한 병과 주먹만 한 놋쇠 그릇 하나가 자리했다. 그 옆으로 스프링 노트 위에 두꺼운 책 한 권이 엎어져 있었다. 본채 옥상을 훑어보는 희곤에게 우재는 자신이 주로 저기서 시간을 보낸다고 말하고는 별채 2층의 문을 열었다. 2층도 1층과 똑같은 구조로, 원룸에 작은 부엌과 화장실이 딸려 있었다. 이 별채를 두고 우재는 자신의 어머니가 살아 있을 때 세를 주기 위해 올린 건물이라고 말했다. "요즘도 그렇겠지만 저기서 일하는 사람들은 대개 외지에서 옵니다. 마음 둘 곳이 별로 없죠. 지금이야 다들 읍내 아파트촌에서 살 테지만 10여 년 전만 해도 여기 별채는 물론, 본채의 방들이며, 다락이며, 반지하방까지 제 직장 동료들로 북적였습니다." 우재는 창밖으로 보이는 굴뚝을 가리키며 말을 이었다. "81년도부터 저곳에서 일하다 재작년에 사직했습니다. 제가 K시 시내에 있는 작은 대학에서 수학과를 졸업했는데 입사는 고졸로 했어요. 먼저 일하고 있던 공고 동기가 괜찮은 회사라고 소개시켜 줘서 들어갔습니다. 시험 치고, 면접도 보고, 사령장 받아서 집에 돌아오니 어머니가 대공과에서 전화가 왔다고 하더군요. 위장취업 아니냐면서 말입니다." 우재가 가볍게 웃고는 말을 이었다. "그런 시절이었죠. 서에 가서 조사도 받고 그랬습니다. 솔직히 입사 첫해에는 영어 시험도 준비하면서 공사 같은 데를 들어가려고 했어요. 그런데 적성에도 맞고 굳이 도시까지 나갈 필요가 있나 싶어 눌러앉다 보니 평생 여기를 떠나지 못했네요." 우재가 시선을 아래로 옮기며 말했다. "저기 밭에 구석진 곳 보이십니까? 딴 데보다 잡목이 듬성듬성한 부분이요. 예전에는 저곳을 족구장으로 썼습니다. 한때는 이 집처럼 온 동네가 젊은 남자들로 북적였지요." 그렇게 말하고서 얼마간 족구장 터를 바라보던 우재가 웃는 낯으로 희곤을 돌아보았다. 그는 필요하다면 별채 두 층을 다 쓰라고 말했다. 희곤은 이 별채와 그 제안이 모두 마음에 들었다. 무엇보다 집주인이 좋

은 사람으로 보인다는 점이 가장 마음에 들었는데 외통수
적인 현실에 골몰하는 모습이 조금은 부담스럽게 느껴졌
으나 그것 또한 그런대로 나쁘지 않다고 희곤은 생각했다.

　두 달이 지나, 희곤은 우재의 집으로 이사를 했다. 점심
무렵 이삿짐센터 트럭을 같이 타고 도착한 희곤은 미리
받아둔 열쇠로 대문을 열었다. 그는 별채 1층을 침실로, 2
층을 서재로 쓸 계획이었다. 매트리스와 침구, 비키니 옷
장과 옷가지 따위를 1층에 옮기고서 일꾼들에게 책상과
책장의 배치를 일러주러 2층으로 올라갔다. 본채 옥상에는
우재가 있었다. 평상에 엎드린 우재는 두꺼운 책을 펼쳐두
고 노트에 무언가를 적는 중이었다. "계셨네요?" 희곤이
인사를 했다. 우재가 느릿하게 고개를 들고는 그에게 미소
를 지어 보였다. 이삿짐을 다 옮긴 다음에 희곤은 확인차
2층에 다시 올라갔다. 책장을 여러 개 넣고 보니 방은 매
우 비좁았다. 하지만 그는 바닥에 쌓인 책을 정리하면 나
아지리라 여겼다. 그는 찬찬히 새로운 서재를 둘러보았다.
천장 모서리 한쪽에 넓게 퍼진 수흔이 보였으나 바짝 말
라 있어 크게 신경이 쓰이는 정도는 아니었다. 그런 자잘

한 결함들을 뒤로한 채 희곤은 창가에 배치해둔 원목 책상 맡에 앉았다. 두 팔을 책상 위에 올리자 옻칠된 목재의 미끈한 질감이 팔 아래 시원하게 닿았고 앉은 자리 바로 앞으로 바다가 펼쳐졌다. 하늘에서 바다로 수차례 붓 터치를 한 듯한 적란운들이 수평선을 따라 오른쪽으로 천천히 이동하는 것이 보였는데 그는 이대로 앉아 있기만 해도 몇 시간쯤은 금세 흐를 거라는 확신이 들었다. 들뜬 기분이 된 그가 자리에서 일어나 2층 출입문을 열었다. 이사가 끝났다는 소식을 우재에게 전하기 위해서였다. 그런데 평상에 누워 있는 우재를 본 그는 어째서인지 아무 말도 꺼낼 수 없었다. 우재는 매우 반듯한 자세로 거기 누워 있었다. 각을 잰 듯이 반듯하여 자는 것으로 보이지는 않았으나 잠들지 않았다 해도 쉽사리 말을 걸지 못할 긴장이 느껴지는 지나친 반듯함이었다. 그 기묘한 자세는 이듬해 봄까지 희곤이 반복하여 보게 될 모습이었다. 바깥바람이 쌀쌀해진 후에도 우재는 침낭에 파묻혀 평상을 떠날 기미를 보이지 않았는데 행여 입이 돌아가지나 않을까 희곤이 걱정만 하던 그즈음, 서재로 올라가는 그에게 우재가 이리로 건너오겠느냐고 물은 적이 있다. 그가 먼저 말을 거는 경우는 극히 드문 일이라 희곤은 흔쾌히 그러겠노라 대답했다. 희곤이 평상에 앉자 그가 뜨끈뜨끈한 냄비에서 정종을 꺼냈다. 그들은 놋쇠 그릇 하나로 술을 나눠 마시며 말을 섞었다. 주로 그가 이곳에서의 생활이 어떠한지 물으면 희곤이 그에 맞는 답을 하는 식으로 이야기가 이어졌다. 희곤은 학교가 곧 문을 닫을 거라는 소문을 익히 듣고 내려온 터였다. 보직교수들이 떠난 자리를 메우느라 업무 부담이 극심했고 급여가 지연되거나 분납되는 등 부당한 대우가 이어지는 중이었지만 그 집에서만큼은 더없이 만족스럽게 지냈기에 희곤은 M군에서의 생활을 대체로 긍정적으로 묘사했다. 학교를 오가는 길에 펼쳐지는 해변과 시시각각으로 변하는 바다, 이 지역의 정갈한 음식들과 논두렁을 한가로이 돌아다니는 황구와 길고양이들. 이런 것들에 관해 말하던 희곤에게 문득 그가 물었다. 집에 있다가 어디로 나가고 싶으면 뜻대로 나가지 않느냐고. 희곤이 그렇다고 하자 그는 어째서인지 자신은 이 작은 요새 밖을 나가는 일이 점점 곤란해지고 있다고 말했다. 천천히 옥상을 둘러본 그는 매일 출근하고, 퇴근하면 읍내에 나가 술을 마시고, 조별 회식에도 빠지지 않았던 과거의 자신이 도무지 이해 가지 않는다며 삶이라는 것이 원래 한 장면에서 다음 장면으로 계속 이어지는 영화와도 같은 것이라면 지금 자신의 삶은 앞뒤가 잘려나간 필름 낱장에 불과한지도 모른다는 생각을 종종 한다고 말하며 놋쇠 그릇을 두 손으로 받쳐 김이 폴폴 올라오는 정종을 홀짝였다.

평상에 늘 놓여 있는 정종과 놋쇠 그릇의 용처는 그와 같이 간단했다. 하지만 거기 항상 있는 또 다른 물건들은 사정이 달랐다. 우재가 읽는 두꺼운 책과 그 책을 보며 무언가를 적는 노트에 대해 희곤이 물어본 때는 그 집에 입주를 하고 얼마 지나지 않아서였다. 일기예보에서처럼 강한 바람은 아니었으나 억수 같은 비를 퍼부은 태풍이 지나간 다음 날로, 학교에서 한 시간을 걸어 집에 돌아온 희곤은 1층 침실에서 샤워를 했다. 편한 옷으로 갈아입은 희곤이 서재에 올라가 출입문을 열었는데 수흔이 말라 있던 천장 구석에서 물이 뚝뚝 떨어지고 있었다. 희곤은 걸레로 방바닥을 대충 닦은 다음 밖으로 나가 출입문 옆의 사다리를 타고 위로 올라갔다. 사다리 윗부분에 매달려 별채 옥상을 둘러보니 물이 가득 고여 있었다. "선생님, 여기로 물이 새는데 어쩌죠?" 사다리에 매달린 희곤이 평상에 구부정하게 앉아 책을 읽고 있는 우재를 돌아보며 물었다. 흐음, 하는 얼굴로 희곤을 바라본 그는 잠시 기다리라는 듯이 한쪽 손바닥을 펼쳐 보이고는 어딘가로 허적허적 걸어갔다. 잠시 후 겨드랑이 한쪽에 짧은 PVC관 몇 개를 낀 그가 반대쪽 손에 보스턴백만큼 큰 공구함을 들고 별채로 왔다. 계단과 사다리를 오르내리며 우수관을 이리저리 살핀 그는 "이 부분이 문제군요."라며 공구함에서 컷소를 꺼냈다. 검정색의 컷소는 총을 연상시키는 모양으로, 권총보다는 컸고 기관단총보다는 작은 크기였다. 총으로 치면 총열에 해당하는 가이드 그립을 왼손으로 잡은 그가 오른손으로 손잡이를 쥐고 버튼을 눌렀다. 뾰족한 칼날이 앞뒤로 빠르게 왕복하며 굉음을 냈다. 우수관에 닿은 전동 날이 날카로운 연마 음을 내자 희곤이 귀를 틀어막았다. 우수관 아래쪽은 정육점의 고깃덩이마냥 순식간에 잘려나갔다. 별채 옥상에서부터 고인 물이 절단부 아래로 쏟아졌다. 유격이나 단차가 없는지 꼼꼼하게 살핀 그는 새로운 관을 연결하고는 곡부에 관을 덧대 소제구를 설치했다. 작업을 하는 동안 각종 공구들이 그와 한 몸처럼 움직였는데 그의 능숙한 정비 기술은 희곤으로 하여금 자신이

경험하지 못한 과거의 한 시절을 상상하게끔 만들었다. 족
구장 네트를 사이에 두고 공을 주고받는 그와 동료들에게
그의 어머니가 다가와 집에 무언가 고장이 났다고 하면
서로 자기가 고치겠다고 나서거나 서로 네가 하라며 미루
었을 어떤 광경을 떠올리던 희곤에게 목장갑을 벗은 그가
손바닥을 털며 당분간 옥상에 물이 고일 일은 없을 거라
말했다. 땅이 마르는 대로 옥상 방수도 보강하겠다고 덧
붙인 그는 별채 위쪽을 쳐다보더니 희곤에게 물이 샌 자
리를 보러 가자고 했다. 그들이 2층 안으로 들어섰을 때
는 천장에서 더 이상 물이 떨어지지 않았다. "이만하길 다
행이네요." 희곤의 말에 그가 고개를 끄덕였다. 그러나 그
의 눈길은 이미 천장이 아닌 다른 곳을 향하고 있었다. 창
가에 놓인 원목 책상을 유심히 살펴보던 그가 한 손으로
찬찬히 표면을 더듬더니 상판을 두어 번 두드렸다. "이건
참으로 훌륭하군요." 감탄조로 말한 그는 의자를 빼서 책
상 맡에 앉았다. 책상 안쪽까지 구석구석 매만지고는 허리
를 다시 세운 그가 말없이 고개를 주억였다. 그는 몇 번인
가 그렇게 고개를 주억이다가 책상 위에 엎어져 있는 두
꺼운 책을 가리켰다. "선생님이 가르치시는 게 이건가요?"

희곤은 그렇다고 했다. 하지만 학생이 별로 없어 혼자 공부하는 시간이 더 길다는 희곤의 말에 가만히 고개를 끄덕인 그가 창밖을 내다보았다. 잠깐의 정적이 그들 사이에 흐르는 동안 우재와 마찬가지로 창밖을 내다보던 희곤은 문득 그가 늘 읽고 있는 책이 궁금해졌다. "아, 그건 측량에 관한 책입니다." 그가 대답했다. "측량이요?" 희곤이 다시 물었다. 생각에 빠진 듯 흠, 하는 얼굴로 눈을 내리깐 그는 입술을 씰룩이며 신중하게 말을 골랐다. 이윽고 그는 그것이 우주의 크기를 측정하는 방법에 대한 책이라고 이야기했다. "선생님도 아시겠지만, 인간은 고대부터 지금까지 지구의 둘레, 행성까지의 거리, 우리은하와 외부은하의 크기 따위를 탐구하면서 수학을 발전시켜 왔지요. 이 모든 탐구의 종착지가 우주 전체의 크기를 가늠하는 일일 텐데 저는 지금 그 과정을 따라가 보고 있습니다." 그가 검지로 허공에 삼각형을 그리며 말을 이었다. "우주는 광활해, 우리의 직관을 넘어섭니다만 기하학이라는 도구는 우리를 우주 끝까지 가닿게 만들어 주지요. 지금은 큰곰자리에 속한 보데 은하의 크기를 계산하고 있습니다. 광학적으로 관측이 가능한 거리는 지수·로그함수나 미적분 정도만으로도 계산치가 나왔는데 이즈음부터는 아인슈타인 장방정식 따위를 새로 익혀야 해서 속도가 많이 느려졌어요."설명을 하면서 홍조까지 띠었던 그가 겸연쩍게 웃고는 다시 말을 이었다. "막상 수학을 배울 때는 이렇게까지 몰두하지 않았습니다. 사실 이제 와 제가 왜 이러고 있는지 곱씹다 보면 매번 스스로가 한심해지는 기분입니다. 그런데 이상하게도, 이걸 계산하면 할수록 필연적으로 제가 한없이 작아지는 것만 같은데 그렇게 작아지는 스스로가 전혀 싫지가 않더군요."책상 맡에 앉은 그가 그렇게 말하고는 희곤을 올려다보았다.

우재가 탐독하는 책의 정체를 알고부터 희곤은 평상에 앉아 그 책을 보며 노트에 무언가를 적고 있는 그를 보면 지금쯤 그가 어디에 가닿아 있는지 몹시 궁금해지곤 했다. 그렇다고 따로 묻지는 않았는데 그것이 자기만의 학문에 몰두하는 독학자에게 나름의 존경을 표하는 가장 예의 바른 방식이라 생각해서였다. 물론 우재가 우주의 측량에 집중하는 시간보다는 평상에 반듯이 누워 무엇도 하지 않는 시간이 훨씬 길었고, 그가 누운 채 주먹 쥔 손을 위로 쭉 뻗었다가 툭 풀어 내리는 동작을 반복하는 것도 희곤은 자주 보았다. 어느 날인가 잠자리에 누운 희곤이 그 동작을 흉내 내본 적이 있었다. 놀랍게도 우재의 말처럼 한결 편안해지는 기분이었고 평소보다 잠도 잘 왔다. 이후 희곤은 잠자리에서 팔을 들어 올렸다가 툭 떨어트리는 동작을 습관적으로 취했는데 그 습관은 20년가량 지난 지금까지 변함이 없다.

희곤이 우재의 집에서 보낸 나날은 대체로 그렇게 평화로웠다. 하지만 대문 밖에서부터 익숙한 굉음이 들려온 그 때를 떠올리면 희곤은 요즘에도 기묘한 기분에 빠져들곤 한다. 동네 곳곳이 가을걷이에 한창이던 어느 날로, 집으로 돌아오는 길가의 논에는 탈곡기들이 쉼 없이 돌아갔다. 기계음에 익숙해진 희곤의 귀는 그 굉음도 예사로이 여겼으나 막상 대문 안으로 들어와 마당을 걷고 있으니 불길한 생각이 그의 뇌리를 스쳤다. 작업 중이라면 전동공구가 무언가를 자르는 소리를 내야 했다. 그러나 공회전만 하듯 소리는 일정했고 굉음이 본채 내부에서 들리는 것도 이상했다. 마당 갈림길에서 본채로 걸음을 옮긴 그는 본채 작은방의 창문 앞과 현관문 앞을 지나 안방 창가까지 다가갔다. 환한 바깥에 비해 내부는 많이 어두웠는데 침대 끝에 앉아 있는 우재의 상반신만은 명확히 보였다. 우재가 들고 있는 공구는 그의 생각대로 컷소였다. 문제는 우재가 그것을 이전과는 정확히 반대로 쥐고 있었다는 것이었다. 고속으로 왕복하는 컷소의 칼날이 우재의 얼굴을 정확히 겨눴다. 조금만 움찔거려도 전동 날이 우재의 얼굴을 순식간에 찢어버릴 만큼 가까이 붙어 있었다. 희곤은 눈앞의 광경을 믿을 수 없었다. 비명이 나올 뻔했지만 그랬다가는 끔찍한 상상이 현실이 될 것만 같았다. 손으로 제 입을 틀어막은 그는 그 자리에서 완전히 얼어붙어 버렸다.

굉음이 뚝 끊기기까지 걸린 시간은 실제로는 몇 초에 불과했을 것이다. 하지만 희곤에게는 그 몇 초가 마치 영겁처럼 길게 느껴졌다. 컷소를 멈춘 우재가 안방 창문을 살짝 열었다. 우재는 아리송한 얼굴로 희곤을 쳐다보며 무슨 일이냐고 물었다. 희곤은 새파랗게 질린 채 제대로 된 문장을 하나도 말하지 못했다. 그는 희곤을 보며 한참이나 고개를 갸웃댔다. 그러다 뒤늦게 무슨 상황인지 알아차린 듯이 그가 헛헛하게 웃고는 창문을 활짝 열었다. "가끔씩 하는 장비 점검입니다. 오버홀이라고 하지요. 모든 공정을 멈추고 부품 단위로 분해했다 다시 조립하는 것 말입니다." 그가 희곤에게 가까이 와보라고 했다. 희곤이 창틀 곁에 다가서니 안방 바닥에 전동드릴과 임팩트렌치 같은 공구들이 설계 도면처럼 해체되어 있는 것이 보였다. "연기를 내뿜는 굴뚝의 숫자가 줄었더군요. 발전소 오버홀 기간이 돌아온 것 같아 괜히 제 공구들도 손을 보고 싶어졌습니다." 그렇게 말한 우재가 제 손에 쥐고 있던 컷소를 희곤에게 내밀었다. 그것은 마치 갓 포장지에서 꺼낸 것처럼 윤을 내고 있었다. 돌이켜 보면 희곤이 우재의 안방을 보았던 때는 그날이 유일했다. 그가 본채 내부로 들어갈 일도 없었거니와 우재 역시 대부분의 시간을 평상에서 보낸 까닭이었다. 겨울 초입이 되자 우재는 평상 위에 텐트를 쳤다. 오후에 집에 돌아온 희곤이 텐트가 설치된 것을 보고는 옥상 난간에 기대서서 팔을 위로 쭉 뻗고 있는 우재에게 너무 춥지 않겠느냐고 말을 건넸다. 팔을 아래로 뚝 떨어트린 우재가 어깨를 으쓱이더니 "이 계절도 지나갈 텐데요."라며 대수롭잖다는 듯이 말했다. 우재는 그렇게 스스로를 자기만의 요새에 철저히 엄폐시켰다. 마찬가지로 그를 찾아오는 사람도 거의 없었다. 희곤이 기억하기로, 그 집에서 지낸 8개월 동안 그가 객을 맞은 적은 딱 한

번뿐이었다.

우재는 2001년을 마무리하는 세밑 아침에 별채로 찾아와 문을 두드렸다. 이따 손님이 올 예정이라고 말한 그는 희곤에게 혹시 특별한 일이 없다면 저녁 식사를 함께하지 않겠느냐고 정중한 태도로 물었다. 별일이 없었던 희곤은 졸린 눈을 비비며 그러겠노라 답했다. 그날 저녁, 약속한 시간이 되자 희곤은 칼바람이 부는 마당을 지나 본채 현관문을 두드렸다. 잠시 후 누군가가 조심스레 문을 열었는데 그 사람은 우재가 아니었다. 희곤이 그를 보며 어리둥절해하고 있으니 그가 껄껄 웃고는 어서 들어오라고 말했다. 그는 다름 아닌 희곤에게 이 집을 소개시켜준 부동산 중개인이었다. 희곤은 이마를 긁적이며 현관 안으로 들어갔다. 실내의 푹한 기운이 희곤의 몸을 감쌌다. 희곤은 일순 나른해지는 기분이 들었다. 신발과 점퍼를 벗으면서 희곤은 본채 내부를 둘러봤다. 수명이 다해가는 형광등이 거실을 어둡게 밝혔고 현관 왼편으로 안방 문이, 안방 정반대에 다른 방문 하나가 보였는데 문은 둘 다 굳게 닫혀 있었다. 한쪽 다리를 절뚝이며 걷는 중개인을 따라 희곤도 거실 마룻바닥을 가로질렀다. 현관을 등진 맞은편에도 굳게 닫힌 방문이 나란히 세 개가 있었다. 그중 가운데 문 앞에만 수건이 개켜 있는 걸로 보아 그곳은 화장실이 분명했다. 중개인은 화장실 오른쪽의 방문을 열었다. 열린 문틈으로 퍼져 나온 음식 냄새가 희곤의 허기를 자극했다. 중개인을 따라 부엌방 안으로 들어가니 ㄱ자 주방 왼쪽 끝에 자리한 2단 냉장고가 바로 보였다. 우재는 그 옆의 3구형 가스레인지 앞에 서 있었다. 추운 날씨 탓인지 그는 가스레인지 뒤편의 창문을 손가락 두세 마디만큼만 열어 둔 채로 요리에 열중했다.

"오셨어." 중개인이 툭 던지듯 말했다. 전을 부치던 우재가 뒤를 돌아보았다. 희곤과 눈을 마주친 그는 "서로 구면이시지요?"라며 옅은 웃음을 지었다. "거기 식탁에서 잠시만 기다리세요. 거의 다 되어갑니다." 불그스름한 원목 식탁의 한 변은 벽에 붙어 있었고 나머지 세 변에는 식탁과 재질이 비슷한 의자가 놓여 있었다. 중개인은 희곤에게 가장 안쪽에 있는 의자에 앉으라고 말하고는 냉장고로 가서 냉장실 문을 열었다. 안을 들여다본 중개인은 안주 삼을 만한 찬거리가 없는지 우재에게 물었다. 그러면서 그들은 서로 몇 마디를 나누었는데 중개인은 우재를 우재라 불렀고 우재는 중개인을 준모 형님이라 불렀다. 중개인은 갓김치, 김무침, 어리굴젓 따위를 꺼내 반찬 그릇에 옮겨 담았다. 중개인이 그것을 식탁으로 가져와 자리에 앉자 우재가 그를 정식으로 소개시켜주었다. 준모는 우재가 정비팀 조장이던 시절, 오랜 시간을 함께 일했던 그의 조원이었다. 젊었을 적에 건설 현장에서 수년을 보낸 준모는 발전소 대우가 좋다는 말을 듣고 남쪽 지방인 D군의 사업소에 들어갔다. 준모는 그곳에서 다리를 크게 다친 뒤 강제 전근을 당해 가장 오지인 이곳까지 오게 됐다고 말했다. 나중에 우재가 자리를 떴을 때, 준모는 집 밖으로 나올 생각을 않는 그에게 식료품을 전해주거나 공과금 같은 것들을 대신 관리해주기 위해 달에 한 번은 이곳에 들른다고 희곤에게 일러주었는데 당연히 그가 있는 자리에서 그런 말은 삼갔다. 외려 준모는 그가 지금은 저렇게 비실비실해 보여도 예전에는 만능이었다며 보일러 운전원부터 중정비까지 안 거친 부서가 없다고 치켜세웠다. 준모의 과장된 어투를 듣던 그는 부친 전을 대접으로 옮기면서 피식 웃었다. "능력이 없어서 이리저리 떠돈 거죠." 중탕을 한 큼지막한 정종병을 먼저 식탁에 올리며 그가 말했다.

그리고 그는 파전과 김치전을 같이 담은 대접을 한 손에, 굴전을 담은 그릇을 다른 손에 들고 식탁으로 옮겨왔다. 개수대 쪽으로 가서 벽에 걸어둔 오븐 장갑을 낀 그는 마지막으로 가스레인지의 제일 큰 화구 위에서 자글자글 소리를 내던 냄비를 들었다. 식탁 가운데 냄비 받침에 냄비를 올린 그가 뚜껑을 열었다. 간장조림이 된 삼치와 갖은 야채들이 모습을 드러내며 달달한 향이 식탁 주위로 퍼졌다. 그가 가운데 의자에 앉자 준모는 각자의 잔에 정종을 한 잔씩 채웠다. 누가 그러자고 한 것도 아니었으나 그들은 약속이라도 한 듯이 첫 잔을 단숨에 비웠다. 속이 뜨끈해지자 희곤은 더욱 회가 동했다. 그는 냄비 안의 무를 집어 앞접시로 가져왔다. 젓가락이 푹 졸여진 무 안으로 부드럽게 들어갔다. 파전은 튀김옷처럼 바삭해 씹는 재미가 있었다. 노릇하게 구워진 굴전도 입 안에서 촉촉하게 부서졌다. 우재와 준모는 연거푸 잔을 들이켜며 그간의 소식을 주고받았다. 희곤은 그들이 사용하는 용어를 거의 알아듣지 못했다. 이를테면 그들은 '트리퍼룸 컨트롤러에서 일했던 그 친구가 삼차밴드 오너가 돼서 펄버라이저 오에이치를 수주받았다'는 식으로 말했다. 자신이 낄 만한 대화가 아니라 여긴 희곤은 묵묵히 음식을 먹었다. 이런저런 찬을 맛보던 그가 제 앞으로 삼치조림 한 토막을 가져왔다. 잘 졸여진 생선을 반으로 가르자 윤기가 흐르는 하얀 속살에서 김이 올라왔다. 부들부들한 식감을 음미하는 희곤에게 우재가 흐뭇한 얼굴로 입맛에 잘 맞느냐고 물었다. 희곤은 양쪽 엄지를 모두 세웠는데 그것은 조금의 과장도 보태지 않은 반응이었다. 놀라움을 금치 못한 희곤은 아무래도 우재의 손기술이 천부적인 것 같다고 말했다. 희곤은 다소 들뜬 목소리로 우수관을 수리하던 우재의 모습까지 내처 묘사했는데 마치 공구와 우재가 한 몸처럼 움직였다는 그의 말에 준모가 파안대소를 했다. "이분이 아직 자네 진가를 모르시네. 좀 읊어드려 봐." 준모가 우재의 왼쪽 팔뚝을 쿡쿡 찌르며 말했다. 쑥스러운 듯이 웃기만 하는 우재에게 준모는 발전소에서의 일을 희곤도 궁금해할 거라며 보챘다. 희곤은 실제로 그러했다. 격렬히 고개를 끄덕이며 희곤이 거듭 청하자 머뭇거리던 우재도 살짝 불콰해진 얼굴로, 그러나 나긋한 말투 그대로 옛일을 더듬기 시작했다.

우재는 자기가 했던 일들이 별것 아니라는 듯이 말했다. 희곤이 듣기에는 별것 아닌 일이 전혀 아니었고 우재의 말을 계속 듣다 보면 그도 실제로는 그렇게 여기지 않는다는 것이 확실히 전해졌다. 예컨대 석탄 공급에 문제가 생겨 사일로의 전력 생산 게이지가 가파르게 떨어진 때를 말하던 우재의 얼굴에는 수심이 가득했다. 온 도시가 암전되는 아찔한 상황이 예견된 당시로 돌아간 것만 같은 그의 표정을 보며 희곤은 제 일에 대한 책임감과 자부심이 없다면 결코 지어지지 않을 종류의 표정이리라 생각했다. 그가 보일러 운전원으로 일했던 입사 초기의 일화도 희곤에게는 인상적이었다. 우재는 거대한 보일러를 오르내리며 연료 버너를 교체하는 일이 운전원의 가장 큰 일과였다고 말했다. 방독면과 석면 장갑을 낀 고참이 3미터짜리 버너에 올라가 클램프에 훅을 걸면 나머지 두 명은 로프에 매달려 1톤에 가까운 버너를 힘껏 잡아당겼다. 버너 교체를 한 번만 해도 진이 빠져 현기증이 날 지경이었다는 그의 말에 "그러니까 저런 게 3미터나 됐다는 말씀이시죠?"라며 희곤이 가스레인지의 버너 한 구를 가리켰다. 그렇게 묻고도 실감이 나지 않아 눈앞의 버너가 몇십 배 커진 모양을 상상해보았으나 입을 헤벌린 채 짤막한 탄식을 내뱉은 희곤은 고개를 모로 흔들었다. 그런 희곤을 보고 있던 준모가 손바닥으로 식탁을 가볍게 쳤다. 준모는 사진들이 있지 않느냐고, 그것을 보여주면 되겠다고 우재에게 말했다. 우재가 "맞아요, 그게 있었네요."라고는 화색을 띠었다. 자리에서 일어나 비틀대며 부엌방을 나선 그는 조금 후에 갈색 겉표지의 사진첩을 하나 가지고 돌아왔다. 한 페이지에 사진 두 장이 위아래로 들어가는 사진첩은 꽤 두툼했다. 그는 새로운 조원이 들어와 6개월이 지나면 그날의 작업장 앞에서 단체로 기념사진을 찍어왔다고 말했다. 준모가 코웃음을 치고는 나가떨어질 애들은 그 안에 다 그만두기 때문이라고 덧붙였다. 우재는 사진첩을 한 장씩 넘겨가며 어떤 곳에서 찍은 사진인지 희곤에게 설명해주었다. 하역 부두의 골리앗 암부터 저탄장에 산더미처럼 쌓인 석탄들과, 사진만으로는 검은 탄이 쌓인 흔적밖에 보이지 않는 상탄장은 물론, 방앗간처럼 석탄을 갈아낸다는 거대한 미분기까지. 사진의 배경은 정비조가 관리하는 구역들만큼이나 각양각색이었는데 컨베이어벨트만큼은 거의 모든 사진에 빠지지 않았다. 우재에 따르면 컨베이어벨트는 화력발전소의 핏줄이었다. 하역한 석탄이 보일러까지 옮겨지는 동안 여러 곳의 상탄장과 미분기를 거치면서 순도를 높이게 되는데 총 연장 수 킬로미터에 달하는 벨트가 이 모든 과정을 연결했다. 정비조의 주된 업무 역시 벨트 관리로, 벨트를 순회하며 가열된 부분이나 낙탄이 쌓인 부분은 없는지 체크했고 끈적거리는 탄이 벨트와 '아이들러'라 불리는 V자형 롤러 사이에 끼어 있으면 정비원들은 보이는 족족 삽자루로 그것을 긁어냈다. 그러한 작업을 했을 사람들은 사진의 다양한 배경과 상반되게 하나같이 똑같은 포즈를 취하고 있었다. 앞줄의 사람들은 쪼그려 앉아 무릎에 손을 올렸고 뒷줄에 선 사람들은 뻣뻣하게 차렷 자세를 했는데 마치 축구 국가대표팀의 경기 전 기념사진 같은 모습이었다. 사진들은 맨 앞 장부터 시간순으로 꽂혀 있었다. 사진첩 앞부분의 작업자들은 카고바지에 검게 때가 탄 티셔츠만 입었으나 페이지를 넘길수록 복장이 갖춰져 나중에는 다들 회색 방진복에 하얀색 안전모를 착용했다. 사진첩을 넘겨가며 차분하게 말을 이어가던 우재가 어떤 사진의 배경이 된 흰 벽면을 손가락으로 짚었다. "이 사진의 배경이 보일러입니다. 그냥 벽이나 다름없지요? 보일러 자체가 40미터 정도다 보니 그렇게 보이는 겁니다." 사진첩 앞뒤를 뒤적인 그가 버너와 터빈의 일부가 찍힌 다른 사진들을 보여주면서 말을 이었다. "이 큰 보일러를 돌리려면 증기를 섭씨 600도로 가열해야 합니다. 물은 100도에서 기화되니까 고압 환경을 조성하여 과가열을 합니다. 그렇게 되면 사실 증기보다는 화기라는 표현이 어울릴 정도지요. 그 증기가 이동하는 파이프역시 초고온이라 보통은 단열재로 감싸둡니다. 하지만 군데군데 단열재가 벗겨진 곳도 많습니다. 야간조로 돌아다니다 보면 반딧불이 군락을 이룬 것처럼, 달궈진 파이프들이 여기저기서 붉은빛을 내는 게 보였지요." 그가 잠시 말을 멈추었다. 허공을 바라보며 몇 차례 천천히 눈을 깜박인 그는 붉게 빛나는 파이프 근처에서 작업할 때마다 '이게 여기서 지금 터지면 나는 어떻게 될까?'라는 생각에 빠지곤 했다고 말했다. 하루라도 그 생각을 하지 않은 날이없었다고, 다행히 자신의 작업장에서는 폭발 사고가 일어나지 않았으나 다른 사고는 꽤 있었다고 그가 이야기했다. "굴뚝 꼭대기가 150미터 정도 됩니다. 거기서 아래를 보면현실감이 없어집니다. 아찔하지도 않지요. 입사 초기에 면식만 있던 동기 한 명이 거기서 떨어진 적이 있습니다. 작업 일지랑 플래시가 굴뚝 위에 워낙 가지런히 놓여 있어 자살이다, 사고다 의견이 분분했습니다. 글쎄요……. 죽은 사람의 마음을 누가 알겠습니까. 솔직히 이 사진첩에 있는 사람들 중에서도 저세상으로 떠난 이들이 꽤 있을 겁니다. 하지만 저도 어떤 사람들이 언제, 어디서, 어떻게 죽었는지는 잘 모릅니다. 다른 지역으로 전근을 간 사람들도 많은 데다 최근에는 자회사니 하청이니 하며 회사가 쪼개진 탓에 남보다 못한 사이가 된 경우도 적잖으니까요. 저 역시 IMF 직후에 본사에서 정리해고를 당했던 터라 하청회사 직원 신분으로 퇴직을 했습니다." 그는 그렇게 말하고는 어느 사진 한 장을 가만히 바라보았다. 맨 뒷부분에 있는 사진이었는데 희곤도 곁눈으로 그 사진을 살폈다. 탄광의 갱내처럼 전체적으로 어두운 사진으로, 다른 사진들처럼 그 사진에도 작업자들이 2열 횡대로 포즈를 취했고 사람들 뒤편으로 컨베이어벨트가 보였다. 바닥에는 낙탄과 탄분진이 빈틈없이 쌓여 있어 언뜻 보면 마치 그들이 암흑 속에 떠 있는 것과 같은 착각을 불러일으켰다. 그러나 다른 사진들과 달리 사진 속의 사람들은 왁자하게 웃는 소리가 금방이라도 들릴 듯이 해맑게 웃고 있었다. 앞줄 가운데에 쪼그려 앉은 우재 또한 다른 이들과 마찬가지로 밝게 웃고 있었다. 희곤은 그간 우재가 웃는 모습을 여러 번 보았으나 그 사진 속의 우재는 여태껏 자신이 보아온 것과는 전혀 다른, 다른 무엇도 아닌 단지 웃음으로만 느껴지는 웃음을 짓고 있었다. 준모는 침묵을 지키는 우재 옆에서 정종 두 잔을 연거푸 들이켰다. 그러고는 이곳에서도 감전사나 추락사가 빈번했다며 입을 뗐다. 준모가 겪은 최악의 사건은 A군의 사업소에서 벌어진 일이었다. 터빈의 가속도를 견디지 못한 축이 부러지면서 터빈 날이 튕겨져 나왔는데 그 충격으로 보일러 외벽이 반파됐다. 초고온수가 보일러 밖으로 쏟아졌고 근처에 있던 작업자 십수 명을 덮쳤다. 준모는 살아남은 소수에 속했지만 물에 타들어간 한쪽 허벅지는 끝내 회복되지 않았다. 제 허벅지를 툭툭 치며 준모가 말했다. 죽음이 한 번 목 끝에 다가오면 라인에 다시 들어나 갈 수 있을지, 두려움밖에 남지 않는다며. 노기마저 느껴지는 목소리로 말한 준모가 또다시 정종을 들이켰다. 그리고 그들 모두는 한동안 말이 없었다. 준모가 잔을 탁자에 놓은 뒤로 완벽한 정적이 그들을 찾아왔다. 희곤은 왼쪽으로 고개를 돌려 가스레인지 너머의 작은 창문을 바라보았다. 이미 한참 전에 해가 저문 듯 뒤편 담장은 어둑했다. 담장 안에 심긴 관목들의 윤곽만이 간신히 눈에 들어왔는데 희곤은 나뭇잎들이 밤바람에 어느 한쪽으로 기울었다 다른 쪽으로 방향을 바꾸는 모습을 지켜보았다.

"인간이 참 간사하지요." 긴 정적 끝에 우재가 입을 열었다. 그는 준모에 비하면 자신이 겪은 일은 아무것도 아닐 텐데, 심지어 자기가 사고를 당한 것도 아닌데 어째서인지 그 순간에 갇혀 헤어나질 못하고 있다며 그가 환히 웃고 있는 바로 그 사진을 손가락으로 짚었다. "저한테 가장 서글픈 기억으로 남은 사람은 이 녀석입니다." 그는 사진 왼쪽 아래의 모서리를 가리켰다. 그곳에는 인화하는 도중에 빛이 스민 것처럼 회색의 선이 굵게 번져 있었다. 그러나 아무리 보아도 거기에 사람은 없었다. 한쪽 눈썹을 긁으며 사진을 빤히 쳐다보던 희곤이 조심스럽게 물었다. "여기에 누가 있다는 말씀이신가요?" 우재는 검지를 위아래로 움직이며 짚은 부분을 툭툭 쳤다. "이 녀석이요. 이게 그 친구 종아리입니다." 희곤은 허리를 숙여 사진을 더욱 자세히 들여다보았다. 그의 말을 듣고 다시 보니 그것이 단순한 빛번짐이 아니라 회색 방진복의 한 자락임을 겨우 짐작할 만했다. "사진을 찍으러 모였을 때 이 녀석도 우리한테 왔습니다. 녀석은 쭈뼛거리며 이쪽 끝에 붙었지요. 그러자 누군가가 너는 아니라고, 새파란 신입 주제에 어디 기어들어 오느냐며 면박을 주었습니다. 녀석은 그 말에 화들짝 놀라 꽁무니를 뺐지요. 줄행랑치는 모습이 귀여워 우리는 다 같이 와하하, 하고 웃었습니다." 그는 떨리는 목소리를 고르며 가늘게 숨을 내쉬었다. 찢긴 흔적처럼 도드라진 회색 모서리를 멀거니 보던 그가 말을 이었다. "이게 마지막 사진이 될 줄 알았다면 그러지 않았을 겁니다. 어서 오라고, 와서 같이 찍자고, 여기 내 옆에 앉으라고 말했겠지요."

우재의 말과 나중에 준모가 덧붙인 이야기에 따르면, 사고가 난 것은 신입이 입사한 지 4개월째 되던 즈음이었다. 그날도 우재는 벨트를 따라 상탄장들을 순회했다. 허리춤에 찬 무전기로 아이들러에 낀 낙탄을 치우겠다는 신입의 음성이 들렸고, 곧이어 제어실에서 해당 구역의 전체 전원 스위치를 내리겠다고 답신하는 것도 들려왔다. 일상적인 교신이었으므로 그는 크게 신경 쓰지 않았지만 10여 분이 지나 귀청을 때리는 신호음이 들리자 그의 온몸에 소름이 돋았다. 그는 반사적으로 가까이에 있는 제어실을 향해 뛰었다. 뛰어가는 동안 조원들에게 무전을 쳤다. 그는 무전기에다 대고 '꺼! 끄라고!'라며 소리를 질렀다. 신호음은 전체 전원이 다시 들어올 때 나는 소리였다. 멈춰 있어야 할 기계가 느닷없이 작동했지만 제어실에는 아무도 없었다. 그쪽 파트를 담당하는 본사 직원들과도 교신이 되지 않았다. 다급해진 그는 긴 벨트를 따라 신입이 배당받은 작업구역으로 뛰어갔다. 벨트 옆을 따라 그가 달리는 동안 벨트는 그와 같은 방향으로 그가 달리는 속도보다 빠르게 돌아갔다. 그곳으로 달려가는 도중에 조원 한 명이 비상 스위치를 내렸다는 무전을 쳤다. 동시에 벨트 돌아가는 속도도 느려졌다. 그러나 전원을 내린다고 바로 멈추는 것은 아니었다. 벨트는 20여 미터를 더 진행한 후에야 서서히 멈췄다. 신입의 상체와 골반 아래도 그만큼 떨어져 있었다. 우재와 그 자리에 모인 조원들은 신속히 기계를 해체했다. 정신을 완전히 잃은 신입의 상체만이라도 빼내려는 것이었는데 저 멀리서 제어실 직원이 뒤늦게 뛰어오면서 소리쳤다. 손대지 말라며, 괜히 손대면 그들이 잘못한 게 된다고 그 직원이 고함을 질렀다. 그들은 그 말을 무시

한 채 기계를 마저 해체했다. 신입의 상체를 빼내고 다른 조원들이 다리를 찾으러 가는 동안 우재는 휴대폰을 꺼냈다. 그러자 제어실 직원이 그것만큼은 절대 안 된다며, 만에 하나 신고를 하면 조원 전체가 일자리를 잃을 각오를 하라고 엄포를 놓았다. 사고 처리반이 이미 오고 있다, 119보다 훨씬 빨리 도착할 거다, 신고를 하든 하지 않든 회사에서는 똑같이 보상해줄 것이다, 알 만한 사람이 왜 그러느냐. "실제로 얼마 있지 않아 사고 처리반이 왔습니다. 당연히 119를 부른 것보다는 빨랐지요." 우재가 말했다. "신고하든 하지 않든 회사에서 똑같이 보상해줄지는 알 수 없었습니다. 분명한 점은 신고를 하면 당장 그다음 달부터 우리 조원들 모두의 성과급은 날아갈 테고, 몇 개월 후에는 본사 측에서 우리 쪽과 재계약을 하지 않으리라는 것이었죠." 휴대폰을 움켜쥔 우재는 숨만 간신히 붙어 있는 신입을 내려다보았다. 그가 갈피를 잡지 못하고 있던 그때, '조장님!' 하고 그를 부르는 목소리가 먼발치에서 들렸다. 그는 그쪽을 쳐다봤다. 조원들이 신입의 다리를 나누어 들고 그를 향해 걸어왔다. 다리를 후들거리며 그에게 다가오는 그들을 보면서 그는 도대체 어째야 할지, 무엇을 어떻게 해야 하는지, 뭘 어떻게 해야 맞는 것인지 도저히 알 수가 없었다고 말했다. 몸을 심하게 떤 우재는 식탁을 두 손바닥으로 짚으며 자리에서 힘겹게 일어났다. 그는 비틀대는 몸을 이끌고 부엌방을 나갔다.

준모는 희곤의 맞은편에서 어두운 얼굴로 빈 잔만 만지작거렸다. 식탁 위의 조림은 식을 대로 식어 있었고 전들은 반절 이상 남아 있었지만 정종병은 비워져 있었다. 준모가 심한 우울에 빠진 우재를 보러 이곳에 주기적으로 온다는 사실이나, 신입이 사고를 당한 당시의 정황에 대해 덧붙인 것은 얼마간의 시간이 흐른 뒤였다. 준모는 사고가 있고 몇 달이 지난 어느 날, 퇴근을 위해 경의실에 들어갔을 때 거기 평상에 벌거벗은 채로 앉아 있는 우재를 보았다고 했다. 타르 성분 탓에 문신처럼 손톱 밑에 검게 남은 분진을 우재가 말없이 내려다보고 있었다. 샤워를 마치고 나오도록 그 자세 그대로 앉아 있는 것을 본 준모는 로커 안에서 손톱깎이를 꺼내 그에게 건넸다. 그는 가만히 고개를 끄덕이고는 그것을 받았다. 날에 흙이 닿아 서걱대는 소리가 준모의 귀를 긁었다. 그런데 준모가 옷을 갈아입는 동안 손톱을 깎는 소리는 몇 번 들리다 이내 그쳐버렸다. 준모는 평상복으로 갈아입고서 뒤를 돌아보았다. 우재의 굽은 등 너머로 그가 깎다 만 손톱깎이를 두 손으로 쥐고 있는 것이 보였다. 그것을 물끄러미 응시하는 그를 본 순간 준모는 가슴이 덜컹 내려앉는 느낌이 들었다고 했다. 손톱깎이 윗부분에 무재해 인증마크가 찍혀 있었다며, 그런 자질구레한 것들을 연말이면 무재해 달성 기념으로 으레 받아왔다고 준모는 말했다. 자신이 너무 무심했다고 자책을 한 준모는 빈 잔을 거머쥔 채 엄지로 잔의 표면을 연신 쓸어내렸다. 잔이 닳도록 그것을 매만지는 동안 화장실에서 우재가 목을 놓아 우는 소리가 들려왔다. 그 소리는 한참 전부터 벽을 넘어 식탁 위를 뒤덮고 있었는데 오랫동안 그의 울음을 듣고만 있던 준모가 중얼거렸다. "그날 이후로, 저 친구 눈빛이 없었어. 제정신이 아니었지. 어디 저 친구뿐이었겠나……."

희곤은 이듬해 2월, 그 집에서 나왔다. 대학 측이 그가 속한 학과를 폐과시키면서 급히 나와야 했는데 서너 해가 지나 그 학교가 문을 닫았다는 소식을 어디선가 전해 들었다. 따지고 보면 그 집에서 보낸 8개월은 그의 삶에서 지극히 짧은 기간에 지나지 않았다. M군에서의 삶을 간혹 떠올릴 때도 그의 머릿속을 채운 것은 그 부실 대학에서 보낸 지옥 같은 첫 직장 생활이었다. 원주로 돌아온 그는 모교에 교직원으로 들어갔고 박사논문을 병행하는 대신 자기가 맡은 일에 성실히 임했다. 그가 우재의 집을 우연히 떠올린 것은 그로부터 수년이 지나 오키나와에 신혼여행을 갔을 때였다. 나하 시내의 한 호텔에서 조식을 먹은 그들 부부는 렌터카를 타고 내비게이션에 만좌모를 찍었다. 내비게이션은 섬 한가운데를 가로지르는 자동차전용도로를 추천했다. 그들은 자동차전용도로 대신 해안도로와 간선도로를 따라 북쪽으로 올라가기로 했다. 더 아름다운 풍광을 더 많이 즐기기 위한 선택이었으나 해외에서 운전하기는 처음인 데다 좌측통행도 익숙하지 않았던 희곤은 내비게이션의 안내에도 자꾸만 이상한 길로 빠졌다. 몇 번인가 그렇게 잘못 들어간 다음에는 좁다란 시골길을 벗어나지 못했다. 길가로 갈대가 사람 키만큼 자라 있어 주위에 아무것도 보이지 않았지만 아내는 이왕 이렇게 된 거 마음 편히 드라이브나 하자며 내비게이션을 껐다. 아내의 말대로 어쨌든 북쪽으로 가다 보면 만좌모에 도착할 터였다. 그러나 그들은 '私有地'라 적힌 팻말 앞에서 멈춰야 했다. 희곤은 허탈하게 웃으며 막다른 길 왼쪽의 작은 공터로 차를 돌렸다. 되돌아 나가기 위함이었는데 공터로 들어서고 보니 벼랑 너머로 동중국해가 검푸른 모습을 드러냈다. 그들은 잠시 주차를 하고 근처를 걷기로 했다. 길을 막은 팻말은 구부러진 관목 한 그루에 휑하니 걸려 있었다. 그 양옆으로 관목들과 관목들 사이에 맹그로브처럼 뿌리를 드러낸 가주마루나무들이 담장처럼 심겨 있었다. 줄지어 심긴 나무들을 따라 벼랑 쪽으로 걸어가던 그들은 낮아진 관목들 뒤로 너른 초지를, 초지 한가운데 덩그러니 지어진 2층 주택을 보았다. 주택은 경박단소의 전범처럼 작아 넓은 초지가 과해 보일 정도였다. 주택 앞에는 그 집처럼 소박한 정원이 조성돼 있었다. 통나무 벤치 하나가 작은 연못 주변에 있었고 여러 색깔의 꽃들이 연못을 감쌌다. 벤치 뒤에는 아기자기한 정원과 어울리지 않는 큼지막한 가주마루나무 한 그루가 서 있었다. 나무는 수령이 백 년은 족히 넘었으리라 짐작될 만큼 컸다. 다른 가주마루나무들처럼 널빤지처럼 생긴 넙적한 뿌리를 땅 위로 드러낸 그 나무는 워낙에 큰 탓에 마치 여러 개의 나무둥치가 서로 기대어 있는 듯이 보였다. 그 나무에서 뻗어 나온 굵은 가지와 잎사귀들이 연못에 그림자를 드리운 것을 본 희곤은 언젠가 잠시 기거했던 한적한 주택을 어슴푸레 떠올렸다. 그것은 매우 짧은 순간이었고 그 짤막한 순간 역시 시간이 지남에 따라 자연히 잊혔다. 대부분의 기억은 그렇게 망실되어 다시는 모습을 드러내지 않기 마련이지만, 어떤 기억은 볕이 들지 않는 곳에서 오랜 세월을 견디다 한순간에 깨어나 버리고는 한다. 2018년 12월 11일, 희곤은 가족들과 겨울 휴가를 가기 위해 평소보다 일찍 일어났다. 빠트린 짐은 없는지 아내가 캐리어를 살피는 동안 그는 이른 기상에 칭얼거리는 두 아이를 데리고 아일랜드 식탁으로 갔다. 저지방 우유에 현미 시리얼을 타 먹는 것으로 아침을 때우려 했으나 중학생인 큰아이마저 숟가락 들기를 완강히 거부하는 바람에 그는 아이들의 그릇에 오레오 오즈를 양껏 부어주었다. 콜택시의 트렁크에 캐리어 두 개를 실은 그들은 원주 시외버스터미널로 향했다. 희곤은 조수석에 앉아 스마트폰에 캡처해둔 공항버스 시간표를 다시 확인했다. 한숨을 돌린 그는 습관적으로 뉴스 애플리케이션을 켰다. 조간 메인은 유력 정치인의 선거법 위반 혐의로 도배돼 있었고 아래로 정부가 주 52시간제 처벌을 이듬해까지 연장한다는 기사가 이어졌다. 그 밑으로 분식회계 의혹이 불거진 재벌 기업이 송도의 신공장 건설을 중단했다는 기사와, 어느 제약 회사 임원의 횡령에 대해 금융 당국이 감리에 들어갔다는 기사도 올라와 있었다.

그날 새벽, 한 젊은 노동자가 화력발전소에서 사망했다는 기사는 화면 맨 아래 단신으로 붙어 있었다. 월운정교를 지난 택시는 아직 혼잡해지지 않은 이른 아침의 서운대로를 따라 맹렬히 직진을 했다. 희곤은 손에 쥐었던 스마트폰을 허벅지 위에 내려놓은 채 등받이에 몸을 기댔다. 멍하게 차창을 내다보는 그의 눈앞에 아주 오래전에 머물렀던 M군의 그 집이 선하게 그려졌다. 철제 대문에 붙은 사자 모양 문고리, 깨진 병 조각이 꽂힌 시멘트 담장, 박공지붕 위의 옥상과 그곳에 붙박이처럼 누워 있던 한 사람. 희곤은 그의 이름을 떠올리지는 못했지만 몇몇 장면들만은 또렷이 기억났는데 이상하게도 되살아난 기억마다 의문문의 꼴을 하고 있었다. 이를테면, 그때 그 사람은 정말 컷소를 정비하고 있었던 것이었을까. 애초에 난간 아래를 수직으로 응시하던 그는 정말 땅에 핀 꽃을 내려다보았던 것이었을까. 이런 식으로.

희곤은 눈을 감았다.

감긴 눈 너머로 바다가 한눈에 들어오는 원목 책상 맡에서 그 사람이 자신을 응시하고 있었다. 순간, 그의 검은 눈동자 속으로 빨려 들어가는 것만 같던 그때의 느낌은 생생하게 되살아났으나 그 눈빛만은 도무지 생각나지 않았는데 이후로 희곤은 아주 오랫동안, 그 눈빛에 관해 생각해야만 했다.

## 작가 노트

    기민한 독자 분이시라면 이 소설이 W. G. 제발트의 「헨리 쎌원 박사」에 대한 오마주임을 알아차리셨을지도 모르겠습니다. 저는 그 작품이 소위 '반응성(외인성) 우울증'이라 불리는 우울 증상의 한 영역에 대해 가장 간결하고도 정확한 묘사를 담은 텍스트 중 하나라고 생각합니다.

    지난가을, 우울증이라는 주제로 청탁받았을 때 이 질환의 넓은 스펙트럼 안에서 제가 취할 방향은 이런 외적 요인에 의한 것이 되어야 한다고 생각했습니다. 그즈음 이틀간 태안에 다녀 왔기 때문이었지요. 도착 첫날 故 김용균 씨의 동료분들과 면담을 한 저는 다음 날 오전 사고 현장을 방문했습니다. 한 사람의 죽음이 직장공동체를 넘어 지역공동체에까지 깊은 그림자를 드리운 것을 또 한 번 보아야 했고, 산업보건이라는 제 생업과 관련해 난면할 수밖에 없는 숙제를 안고 돌아왔습니다.

그러나,

또한 쓰는 사람으로서 저는 어떤 사회적 문제가 자신의 문제로까지 다가오게 되면 다른 누구도 아닌 자신에 의해, 다른 어느 때도 아닌 바로 지금 쓰여야 한다는 충동에 사로잡힐 때가 있다는 엄연한 사실도 생각하게 됩니다. 이는 대체로 교만이 만든 함정일 테지만 때로는 그 모두가 함정이라는 생각 자체가 함정이 아닐까. 그런 의심이 드는 국면도 있고, 어쩌면 그때가 이런 국면이 아니었을까.

그렇다면,

그럼에도 쓰지 않을 수 없다 여겨지는 무엇이 있다면,

나는 어떻게 써야만 하는가.

이 글을 쓰면서 줄곧 이 생각을 했던 것 같습니다. 아마 해답을 얻지는 못하겠지만 대답은 여전히 구하고 있으며 소설을 쓰는 한 그 대답을 구하는 일을 멈추지 않을 생각입니다. 원고에 등장하는 화력발전산업 현장에서 벌어진 재해 사건 일체와 공정에 관한 세부 묘사 모두 다음의 공개된 자료원에 근거한 것은, 미약하나마 제가 지금까지 생각한 그 대답의 일부입니다.


* 『고 김용균 사망사고 진상조사결과 종합보고서』, 고 김용균
  사망사고 진상규명과 재발방지를 위한 석탄화력발전소 특
  별노동안전조사위원회, 2019.
* 『석탄화력발전산업 노동인권 실태조사 보고서』, 국가인권
  위원회, 2019.
* '한국전력의 기억 – 화력발전소 보일러 운전원'
  : http://blog.koreadaily.com/unghahn/167435

# 터지지 않는 풍선에게

소유정(문학평론가)

터지지 않는 풍선을 만든 적이 있다. 준비물은 풍선과 바늘, 셀로판테이프. 방법은 간단했다. 크게 풍선을 불고 한쪽에 셀로 판테이프를 붙인다. 그리고 셀로판테이프 위를 바늘로 찌른다. 그러면 풍선은 터지지 않는다. 바늘을 더 깊숙이 밀어 넣어도, 바늘을 꽂고 있어도, 바늘을 빼내어도 풍선은 터지지 않는다. 하지만, 곧바로 터지지 않을지언정 그것은 바늘로 찌르기 이 전과 같은 풍선일 수 없다. 여전히 셀로판테이프를 붙이고 있 지만, 바늘의 흔적은 보이지 않는 작은 구멍으로 남았다. 구멍 으로 조금씩 바람이 샌다. 그렇게 조금씩 풍선을 이루는 것이 빠져나가도, 풍선은 끝까지 터지지 않는다. 자신이 터지지 않는 풍선이라는 걸 모르고, 구멍 사이로 바람이 새고 있다는 것도 알지 못한 채 풍선은 천천히 원래의 모습을 잃는다.

터지지 않는 풍선을 다시 떠올린 건 어느 날이었다. 문득, 그 풍선이 생각났다. '다시'의 처음이 언제였는지, 그때의 '문득'이 구체적으로 어떤 장면이었는지는 잘 기억나지 않는다. 그 순간 다만 나는 살아가고 있었다. 습관처럼 커피를 마시고 오늘의 일을 잘 해내기 위해 책상 앞에 앉아 있을 때, 우편물을 가지러 가는 짧은 틈이나 동료들과 점심을 먹으며 대화를 나누는 시간에도, 누군가 내게 말을 걸고 그것에 대답하는 중에도, 나는 여러 번, 작은 구멍이 난 풍선을 떠올렸고, 또 언젠가 문득, 그것이 나와 다르지 않다는 걸 알았다. 자각의 순간은 잠깐 놀라웠고 이내 시시했다. 나는 그런 순간이 좁은 방 안에 혼자, 침대에 누워 있거나 무릎을 끌어안고 내가 나에게 매몰되는 시간에 찾아오는 것이 아니라, 이렇게 평소와 조금도 다를 것 없는 일상과 아주 가까이 닿아 있다는 것에 잠시 놀랐을 뿐이었다. '나'를 중심으로 생각이 가지를 뻗어나가는 시간이 아니라, 누군가와 그것을 공유하고 몸을 움직이고 생활하는 순간에도, 자신이 사라질 수 있고 내가 '나'로부터 아주 멀리 떨어지는 것이 가능하다는 사실을 그때 처음 알았던 것 같다. 언제 생겼을지 모를 작은 구멍으로, 하나가 아닐지도 모를 구멍 사이로 내가 새어 나가고 있었다는 것도.

『보라색 사과의 마음』에 실린 여섯 편의 소설에서 터지지 않는 풍선과 같은 이들을 여러 번 만났다. 그런 모습이 나만의 것이 아니라는 사실에 안도하는 마음이 들다가 오래 슬퍼졌다. 온전히 같을 수는 없겠지만 소설 속의 그들은 우리의 어떤 부분과 조금씩 닮아 있다. 무엇보다 그들 역시 다만 살아가고 있다는 점에서 같았다. 그렇기 때문에 그들이 새어 나가는 통로를, 삶의 탄력을 잃게 만든 자리를 좀 더 들여다보고 싶어졌다. 내가 가진 구멍에 대해서라면 정확히 답할 수 없겠지만, 어쩌면 타인의 슬픔을 더듬는 일을 통해 무심하게 지나친 나의 고통을 돌아볼 수 있는 일이 가능하지 않을까. 그런 작은 기대로 시작할 수 있었다.

자신도 모르는 사이 구멍이 생겨버린 이는 「당신을 가늠하는 일」에도 있었다. 멀쩡했던 모자에 구멍이 생겼다는 걸, 그걸 모른 채 모자를 쓰고 나갔다는 걸 뒤늦게 알아차린 미듬은 목

놓아 운다. 그런 사실만으로도 누군가는 그렇게 울 수 있다. 남들에게는 아무것도 아닌 구멍이겠지만, 어떤 이에게는 "왼쪽 뺨 위로 내리쬐었던 작은 구멍이 싱크홀처럼 커진 것만 같은 기분"을 느끼게 할 수도 있다. 모자에 생긴 구멍이 곧 자신에게 생긴 구멍처럼 여겨지는 것도, 삶을 관통하는 구멍으로 작용하는 것 또한 물론이다. 그 사이로 자신이 새고 있다는 걸 감각하는 이는 더 이상 가벼워지지 못한다. 마치 한참 바람이 빠져버린 풍선과 같아서 부유하지 못한 채로 점점 더 가라앉는다. 이건 "죽은 것과 다를 바가 없지 않나" 싶은 생각과 함께 아래로, 아래로, 마침내 수면 아래까지 가라앉은 미듬이 떠오를 수 있는 방법은 오직 하나, 헤엄치는 것뿐이다.

물결이 일었다. 아니, 살결들이 맞닿아 하나의 해일처럼 수면 위로 떴다가 가라앉았다. 미듬이 차오르는 숨을 고를 새도 없이 수경의 색으로 비치는 푸른 살결들을 바라봤다. 어떻게든 너머로 닿기 위해 발버둥 치는 모든 이들의 헤엄을 지켜보았다. 그리고 다시 그는 아래로, 저 비린내 나는 민물 아래로 팔을 넣어 몸을 유연히 접었다. 바야흐로 횡단의 시작이었다.

「당신을 가늠하는 일」 중에서

수면 아래를 택한 이에게 강의 깊이는 큰 고민이 되지 않는다. 뛰어들어 헤엄칠 수 있다면, 물결과 맞닿음으로써 "그 어느 때보다 살아 있음을 증명"할 수 있다면, 그 아득함은 그다지 두렵지 않다. "건조될 수 없는 삶"에서 더 이상 가라앉지 않기 위해 누군가는 팔을 뻗고 발장구를 친다.

구멍의 존재를 뒤늦게 알아차리는 이가 있는가 하면, 어떤 이들은 자신을 찌른 바늘이 무엇인지, 그것이 언제, 어디서, 어떻게 삶의 한가운데로 침투했는지를 정확히 기억하고 있다. 이들에게 생긴 구멍으로 빠져 나가는 것은 자기 자신만이 아니다. '상실'이라는 이름의 바늘이 지나간 자리, 그것이 정확히 꿰뚫은 대상 또한 (내 안에서) 희미해져간다. 「그다음에 잃게 되는 것」과 「보라색 사과의 마음」은 상실의 대상이 가족이라는 점에서 공통적이다. 전자는 아이를 잃은 부부의 이야기, 후자는 동생을 잃은 언니의 이야기라는 점에서 차이가 있지만, 가족을 잃음으로써 가정 안에서도, '나'의 안과 밖에서도 쉽게 회복되지 않는 망가짐이 이어지고 있다는 사실은 동일하다. 「그다음에 잃게 되는 것」의 경조와 운주는 아이를 잃은 후 점점 더 위태로워진다. 전문의와의 상담을 통해 약을 처방받기도 하지만, 그 약으로 운주가 또 다른 "잘못된 선택"을 할 수도 있을지 모른다는 사실에 경조는 불안해한다. 하지만 경조의 불안과 다르게, 정확히는 다른 방향으로 운주는 불안을 표출한다. "정말 그렇게 되는 거면 어떡해. 진짜 내가 괜찮아지면 안 되는 거잖아. 우리가 그러면 안 되잖아." 이후 온갖 물건을 집 안에 모아두는 운주의 행동은 이러한 불안이 집약된 행동의 결과나 다름없다. 잃어버린 것은 아이 하나였지만, 그가 느끼는 상실감은 하나라는 말보다 더 큰 것이었고, 상실감은 그 정확한 대상을 찾지 못한 채 산발적으로 퍼져 나가 "잃어버리지 않은 물건들"만 늘려 갔다. 아이를 떠올리게 하는 캐릭터 용품, 보조 바퀴가 달린 자전거…… 그런 것들이 점차 쌓일수록 운주의 목소리가 다시금 겹쳐온다. 잃어버렸지만 잊어버려서는 안 된다는 듯, 다시는 괜찮을 수 없다는 듯한 목소리가. 무엇을 잃어버렸는지 알지 못한 채로 흘러나오는 상실감에 젖은 운주와 달리 「보라색 사과의 마음」에서 은영을 가둬둔 슬픔의 댐은 터지지 않는다. 동생을 잃은 후 그가 겪은 이상 증세는 조그맣고 빛나는 것들이 보이기 시작한다는 것이었다. 시력의 문제인가 하고 병원을 찾지만, 그것이 눈의 증상이라고 하여 반드시 원인이 눈에 있는 것은 아니며, 몸은 유기적으로 연결되어 있기 때문에 정확한 원인은 알 수 없다는 답변만을 듣는다. 하지만 은영의 눈에 보이는 작은 빛들이 누구나 "호감 가는 인상을 가진 사람이라고 생각"할 법한 은주의 사고 가해자를 떠올리게 하는 남자들의 주변을 맴돌고 있다는 건 그저 우연일까. 이를 유기적이라고 말하긴 모호하지만 그럼에도 쉽게 설명할 수 없는 빛들이 은영의 가까이로 번져오고 있을 때, 그는 번역하고 있던 책의 저자와 메일을 주고받으며 '나'와 타인, '나'와 세상을 잇는 무언가에 대해 다시금 생각하게 된다.

같은 경우는 아니지만 제게도 소중한 사람을 잃은 경험이 있습니다. 그 상실감은 이루 말할 수가 없었지요. 저는 침식을 잊고 슬픔에 빠져들었습니다. 마치 슬픔이라는 쇠사슬에 묶인 광인처럼 몸부림을 쳤지요. 오랜 시간이 지나 이제 와서 생각해보면, 제가 그렇게 정신없이 슬픔에 빠져들 수 있었던 충분한 시간이 있었던 것이 결국 어느 정도는 행운으로 작용했던 듯합니다. 저는 슬픔 속에 제 상실을 흘려보낼 수 있었지요. 흘려보내지 못한 슬픔은 결국 단단한 칼이 되어, 혹은 갑옷이 되어 저를 계속해서 찔렀거나 저를 세상으로부터 차단시켰을 것입니다. 당신의 경험과 현재의 처지를 함부로 재단할 수 없기 때문에 말하기 조심스럽지만, 저는 당신에게도 그럴 시간이 필요했던 것은 아닌지, 지금이라도 필요한 건 아닌지 하는 생각이 듭니다.

(…중략…)

물론 인간은 서로를 완전히 이해할 수 없습니다. 저는 오래전 그 사실을 깨달았습니다. 하지만 설사 우리가 끝내 서로를 온전히 이해할 수 없다고 하더라도, 이 세상을 살아가는 우리는, 아무리 희미할지언정 어떤 식으로든 연결되어 있습니다. 마치 종이컵과 실로 만든 장난감 전화로 속삭이는 어린아이들처럼. 당신의 번역을 기다리고 있겠습니다. 한국어 공부를 해둬야겠군요. 이소벨.

「보라색 사과의 마음」 중에서


이소벨의 메일을 받은 이후 은영은 처음으로 동생의 사건 현장을 찾는다. 은주가 서 있었을 즈음에 서서 "어쩌면"으로 시작하는 생각을 시작한다. "어쩌면 은주는 여기 숨어서 그 모습을 모두 보고 있었던 건 아닐까. 남자가 여자를 때리고, 머리채를 붙잡아 휘두르고, 바닥에 내동댕이치는 광경을 보고 있던 건 아닐까. 어찌해야 할 바를 몰라서, 현장을 그대로 떠나고 싶은 마음과 무언가 해야 한다는 마음 사이에서 갈등하고 있었던 건 아닐까." 그렇다고 한다면, 은주의 사고는 단순히 골목길에서 일어날 법한 우연하지만 불행한 교통사고로 끝나지 않는다. 우리가 그 순간에서 발견할 수 있는 건 데이트 폭력의 현장을 목격한 이가 몸을 던질 수밖에 없었던 어떤 희미한 연결고리다. 이제야 그 끝을 쥐어보는 은영은 은주가 떠난 후 처음 눈물을 흘린다. 고여 있던 슬픔에 그가 스스로 바늘을 찔러본다. 그렇지 않으면, 흘려보내지 못한 슬픔은 단단한 칼이 되어 계속해서 자신을 찌를 것이란 이소벨의 말을 다시금 생각해본다. 기계 오작동 사고로 동료를 잃은 자가 스스로에게 칼날을 겨눈까닭도 그 때문이 아니었을까. 「눈빛이 없어」의 우재가 보이는 장비 점검, 즉 '오버홀' 작업은 그의 기억에 대한 알레고리와 다름 아니다. 공구들을 해체하고 다시 조립하며 우재는 그날의 사고 장면 역시도 하나씩 꺼내 보았을 것이다. 벨트에 낀 동료의 몸을 꺼내고, 기계를 해체하던 그날의 기억이 지금의 '오버홀'과 겹쳐질 때, 자신을 향해 컷소의 칼날을 겨눌 수밖에 없는 이의 고통은 너무나도 선명히 드러난다. 상실의 바늘에 찔려 빈곤해진 자아가 유독 두드러지는 건 「귀」에서다. 유일하게 '나'를 사랑해주었던 '그'가 떠난 후 '나'의 안쪽은 점점 공허해지지만, 오히려 그만큼 외부는 불어난다. '그'가 입던 옷의 주머니보다 더 많은 살집을 지닌 몸은 상실로 인해 비대해진 빈곤함의 반증과 다름 아니다. 그런 모습을 거울에 비춰 보며 '나'는 중얼거린다. "썹새끼. 불로 지져버리고 싶어." 어느 때고 불쑥 자기 파괴의 욕망이 치밀어 오르는 삶에서 사랑을 느낄 수 있는 유일한 방법이 있다면, 다른 이들이 사랑을 나누던 자리에 누워 그들의 체모와 같은 흔적을 매만지며 온기를 느끼는 것이다. 이는 마음 한편에 묻어두었던 지독한 외로움을 드러내는 동시에 타인에 대한, 사랑에 대한 갈증을 확인할 수 있는 장면이기도 하다. 타인의 온기로 삶의 지루함을 일정 부분 해소하는 순간이자 그가 가장 연약해지는 순간은 소설의 제목을 곱씹어보게 한다. '귀'는 '나'의 가장 약한 신체 부위이자 유일하게 사랑받았고, 사랑받고 싶은 부위가 아닌가. 아직도 살아 있다는 것에 분노가 치밀기도 하지만, '나'는 자신의 가장 약한 부분만은 숨기지 않는다. 감추지 않음으로써 자신을 말한다.

이들을 읽어내는 일이 결국 누군가의 생과 마주치는 것이라고 할 때, 「알폰시나와 바다」는 이를 가장 잘 이해할 수 있는 작품이다. 자살 계획을 말하는 모임에서 만났던 J가 실제로 죽음을 택한 후 포르투갈 여행을 하던 '나'는 다리 위에서 투신하는 남자를 발견한다. 사람들은 그의 죽음을 아무렇지도 않게 말하지만, '나'의 초점은 남자의 자살에 있지 않다. 죽음이라는 결과보다 그가 죽음을 선택하기까지의 삶과 생의 마지막 시간들이 '나'에게는 더 중요하게 여겨졌다. "수십 년간 상관없이 이어진 생과 생이 그날 그곳에서 하필 그런 형태로 마주"쳤다는 사실은 '나'로 하여금 남자의 생을 여러 번 생각하게 만드는 것이었다. 동시에 J의 생마저도. 언젠가 '그것'으로 은유되는 깊은 우울로 인해 끊임없이 죽음을 생각했던 이가 누군가의 마지막을 목격하는 것으로, 그 희미한 생이 자신의 곁을 스쳐 지나가는 것으로 다시 한번 자신의 삶을 붙잡을 수 있다는 건 어쩌면 기적 같은 일일지도 모르겠다. 하지만 이 책 『보라색 사과의 마음』을 통해 나는 그 쉽지 않은 마음을 조금이나마 이해할 수 있었다. 인물들의 생이 손끝을 타고 스칠 때마다 몇 번이나 '살아내야 한다'고 되뇌었던가.


"너무 날 확정 짓지는 마."


둘은 서로의 손에 힘을 주었다.

"가늠하는 정도가 좋은 것 같아."

「당신을 가늠하는 일」 중에서


　유독 맺혔던 말을 곱씹어본다. 확정하지 않고 가늠하기. 소설을 읽기 전의 다짐과 공명하는 것이기도 했다. 여섯 편의 소설이 멜랑콜리를 테마로 하고 있지만 이 소설에 나오는 모든 인물들을 우울증환자라는 병리적인 입장으로 확정 지어서는 안 되는 것이었다. 우울은 누구에게나 다른 얼굴로 찾아온다. 어떤 이에게는 "밀물과 썰물처럼, 계절처럼, 오고 가고 다시 돌아오는 것" 또는 "날 때부터 갖고 있던 난치병"과 같은 것이라면, 또 어떤 이에게는 "건강하게 태어났다가 살면서 암처럼 지독하게 들러붙은" 존재인 것처럼 말이다. 그러니까 우리가 확정하지 않고 그저 가늠할 수 있는 건, 이들의 우울의 깊이가 얼마나 되느냐가 아니라, 그럼에도 살아가는 한 사람이며 그들이 힘겹게 다잡는 삶의 끈이다. 그들은 어쩔 수 없이 일어나는 일과 같은 삶보다는 죽음에 가까워지기를 바라기도 하지만, 그것이 누군가를 확정 짓고 재단할 수 있는 잣대일 수는 없다. 너무나도 당연하게 죽음은 누구나 생각할 수 있는 것이므로. 중요한 사실은 지금 여기에서 그들이 여전히 생을 놓지 않고 있으며 가라앉지 않기 위해 헤엄치고 있다는 것일 테다. 그들의 목표 지점이 어디인지, 그곳에 도착했을지는 알 수 없는 일이나, 다만 명징한 건 쓰임으로써 적어도 우리에게는 닿았다는 것이 아닐까. 그것에 감사하다.

**소유정**
2018년 조선일보 신춘문예에 문학평론 「'사이'를 여행하는 히치하이커—이제니의 시 읽기」가 당선되어 평론 활동을 시작했다.

테마소설 멜랑콜리

# 보라색 사과의 마음

**초판 1쇄 인쇄** 2020년 1월 13일
**초판 1쇄 발행** 2020년 1월 20일

**지은이** 최민우 조수경 임현 김남숙 남궁지혜 이현석
**펴낸이** 김선식

**경영총괄** 김은영
**기획편집** 임경섭 **디자인** 박수연 **크로스교정** 조세현 **책임마케터** 기명리
**콘텐츠개발6팀장** 이호빈 **콘텐츠개발6팀** 임경섭, 박수연
**마케팅본부장** 이주화
**채널마케팅팀** 최혜령, 권장규, 이고은, 박태준, 박지수, 기명리
**미디어홍보팀** 정명찬, 최두영, 허지호, 김은지, 박재연, 배시영
**저작권팀** 한승빈, 이시은
**경영관리본부** 허대우, 하미선, 박상민, 윤이경, 권송이, 김재경, 최완규, 이우철
**외부스태프** 프로필 사진 김준연(아이엔티스튜디오)

**펴낸곳** 다산북스 출판등록 2005년 12월 23일 제313-2005-00277호
**주소** 경기도 파주시 회동길 357, 3층
**전화** 02-704-1724
**팩스** 02-703-2219 **이메일** dasanbooks@dasanbooks.com
**홈페이지** www.dasanbooks.com **블로그** blog.naver.com/dasan_books
**종이 · 출력 · 제본** ㈜상림문화

**ISBN** 979-11-306-2806-6 (03810)

다산북스(DASANBOOKS)는 독자 여러분의 책에 관한 아이디어와 원고 투고를 기쁜 마음으로 기다리고 있습니다.
책 출간을 원하는 아이디어가 있으신 분은 이메일 dasanbooks@dasanbooks.com 또는 다산북스 홈페이지 '투고원고'란으로
간단한 개요와 취지, 연락처 등을 보내주세요. 머뭇거리지 말고 문을 두드리세요.